清代文學故事

【下冊】

清代文學故事（下）目次

《桃花扇》：孔尚任因戲丟官

孔尚任（一六四八—一七一八年），字聘之，一字季重，號東塘，別號岸堂，自稱雲亭山人，山東曲阜人，是孔子的第六十四代孫。因為是「聖裔」，所以屬於官莊戶。孔尚任為人忠厚、方直，不辱聖門。但他並不精於儒家經典之學，也沒有什麼治國平天下的抱負，平生所好全在詩詞曲律而已。不過這寄情詩文的雅緻也與他的仕途不得意有關。

孔尚任年少有才，想進取功名但鄉試多年均告落榜。康熙十九年（一六八〇年），清廷為籌募軍需開捐納事，孔尚任「盡典負郭田」，在第二年捐了個國子監的頭銜。後來在給友人的信中談及此事，孔尚任自己也頗覺無顏，竟說「倒行逆施，不足為外人道」。康熙二十三年，康熙南巡，返回途中特意到曲阜「朝聖」。衍聖公孔毓圻留孔尚任組織訓練祭祀時的樂舞儀式，並叫他負責在御前講解《大學》首章。孔尚任講經時態度雍容端莊、典雅大方，即使講案和御案近在咫尺，他也毫不驚惶，確有不凡之氣度，康熙由此對他頗加賞識。在《出山異數記》裡，孔尚任還曾記：康熙遊覽「聖蹟」，孔尚任始終陪其左右，康熙對他很注意，竟「一日之間，三問臣年，真不世之遭逢也」。不久，孔尚任被破格提升為國子監博士，赴京就職。這無心而得的風光顯赫一時真有點讓孔尚任飄飄然了。

孔尚任誕生在清初，那時山東地界雖已基本恢復了和平，但民間對於離此不久的亡朝舊事仍然耿耿於懷。孔尚任有個族兄孔尚則在崇禎朝和弘光朝都做過官，清朝建立後不仕，胸中的明末遺事非常多。李香君為抗強暴，以頭撞地，血濺扇面，楊龍友借勢點染而成桃花扇一事，並不見諸文獻記載。孔尚任就是通過孔尚則知道這段故事的。他深深地被這個故事打動，從那時起便萌發了創作一部《桃花扇》傳奇的構想。

康熙二十五年（一六八六年），孔尚任隨工部侍郎孫在豐到淮揚一帶疏通黃淮河道，一呆就是三年多。河務之餘，孔尚任廣交江南名士，包括很多前朝遺老，比較有名的如黃崗詩人杜濬、南京四公子之一的冒襄，從他們那裡，孔尚任知道了侯方域、李香君、柳敬亭、楊龍友等人的許多舊事。就這樣孔尚任在明末陳跡中越陷越深，流連忘返，越來越多的細瑣小事終於連成一片，《桃花扇》的故事也已經成竹於胸了。

康熙二十八年夏，孔尚任來到南京，訪問了隱居於棲霞山白雲庵的明朝舊臣張瑤星，收益頗豐。張瑤星的形象後來也被寫入了《桃花扇》中。昔日可稱南京風流繁華之地的秦淮河是孔尚任追撫往事的必去之所。泛舟於秦淮河上，孔尚任慨嘆神傷，浮想聯翩，寫下〈阮岩公移樽秦淮河舟中同王子由分韻〉：

> 宮飄落葉市生塵，剩卻秦淮有限春。停棹不因歌近耳，傷心每忘酒沾唇。山邊水際多秋草，樓上船中少舊人。過去風流今昔問，只疑佳話未全真。

其中種種世事滄桑催人淚下。

江淮幾年，風流唱酬不少，公務方面卻毫無成效。疏浚下河的事議竟發展為兩股派系之爭，工程時做時停，治河官員們依舊宴樂揮霍，進行著無謂的勾心鬥角。剛到任時，孔尚任還意氣軒昂，「踟躕何計救桑麻，立馬堤頭喚渡槎。」但周圍的官僚習氣和腐敗作風終於消磨掉了他的銳氣，他感到無聊，對這個政權感到失望。對比明末種種墮落情事，敏感的孔尚任已感覺到了盛世圖景背後流露出的些許衰亡氣息。那麼《桃花扇》中處處體現出的悲涼幻滅之感又何嘗不是孔尚任對人心墮落、封建社會氣數將近的憂慮情懷的寄託呢？

回到北京後，孔尚任不再思動，甘心做起他的閒官「國子監博士」來了。為避開躁動多事的官場糾紛，孔尚任在宣武門外海波巷裡租了個民舍，稱為「岸堂」，暗示自己厭倦宦海起伏而寧願脫離靜觀的心態。他吟詩交友、栽種花草、收藏古董，頗有怡然自得之趣。其間，他還和顧彩合作一部傳奇《小忽雷》。「小忽雷」是孔尚任當時得的一件名貴古玩，傳說是唐代畫家韓滉自製的一把胡琴。以之為線索，孔尚任寫了一對戀人梁厚生與鄭盈盈的愛情離合故事。此劇雖影響平平，但卻是孔尚任創作《桃花扇》前的一次練筆。

《桃花扇》作為一部歷史劇，說的是「明朝末年南京近事」，皆是「實事實人，有憑有據」。復社人士侯方域與秦淮名妓李香君一見鍾情，訂下終身。只可惜身處動盪之秋，燕爾新婚便被逼散去。兩人的相見、離別再到最後的團圓，正經歷了明朝覆滅、弘光小朝廷興起旋即滅亡的全過程。

以這兩個人物為線索，一系列的重要歷史事件與歷史人物貫穿其中，從而使此劇顯出了前所未有的大氣磅礡之勢。《長生殿》是浪漫的，《桃花扇》則是深沉的、理智的。孔尚任曾長期在江淮一帶居留，察訪那個時代的親歷者，全身心地去體驗清軍南下後，江南一帶由繁華瞬間而為焦土的巨大變故。這些都可以使他清醒地認識到在一個地覆天翻的時局下，個人小我的喜樂哀怨都是如此的脆弱與不堪提及。所以孔尚任才能為男女主人公安排了一個意想不到的結局。清兵南下之際，侯李二人為避難均逃往棲霞山，在那裡不期而遇。驚喜之情未定，老道士張瑤星扯破桃花扇，呵斥他們道：

呵呸！兩個癡蟲，你看國在那裡？家在那裡？君在那裡？父在那裡？偏是這點花月情根，割他不斷麼？

一番話點破滄桑，恰如當頭棒喝，侯李二人登時「冷汗淋漓，如夢忽醒」，斷然撒手，各入空門。《長生殿》中，唐玄宗與楊貴妃真情動天，兩人在天宮美滿團圓；《桃花扇》裡，侯李二人經過人生大起大落，在人間都參透世情，這兩者之間差異是多麼大！

在《桃花扇》裡，孔尚任實際是在淡化愛情。關於兩人的情感纏綿幾乎沒有什麼經意的渲染，文章中的精彩之處其實在於孔尚任對巨大社會變革中不同人物形象的精確刻畫和對那個特殊歷史時期的準確把握。超越了愛情，孔尚任的眼界更遠了。他在《桃花扇小引》中明確道出了他創作這部劇的意旨所在：

《桃花扇》一劇，皆南朝新事，父老尤有存者，場上歌舞，局外指點，知三百年之基業，隳於何人？敗於何事？消於何年？歇於何地？不獨令觀者感慨涕零，亦可懲創人心，為末世之一救矣。

所以說，《桃花扇》是一部名副其實的興亡悲劇。

康熙三十八年（一六九九年），《桃花扇》一問世，京城便為之轟動。康熙得知，竟也連夜找孔尚任索本，要在宮內演出。據說康熙在看到劇中「設朝」、「選伏」兩出時，竟也心有所動，皺眉頓足嘆道：「弘光！弘光！雖欲不亡，其可得乎？」足見這部戲的史詩魅力。

不久，孔尚任由戶部主事升為戶部廣東司員外郎，但旋即又被罷了官。罷官的原因說得很含糊，人們很容易聯繫到是受了《桃花扇》一劇的影響，因為當時確有很多明代故臣看過演出後，「燈熄酒闌，唏噓而散」，長久埋藏心間的亡國之痛再度被其喚起。因此有人猜測康熙是因不滿於《桃花扇》中透出的懷念舊朝之情所以罷免了孔尚任。但也有人推測他被罷官是因為「性耽詩酒，好為詞曲，怠於政務」，若是這樣，倒也算是個符合實際的理由。

孔尚任對自己莫名其妙的丟官感到很委屈，他在京城又住了三年，想等一個滿意的結果，或至少是個清晰的結果，但最後還是失望地回到故里去了。晚年的孔尚任耐不住寂寞，四處周遊，多受到較高的禮遇。到七十一歲時（一七一八年），孔尚任去世。其時離上元日不遠，好友顏光敏之女顏恤諱題挽詩，其一云：「打鼓吹簫掩舊聽，家家罷卻上元燈。梨園小部人何在？扇裡桃花哭不勝。」

《女仙外史》中的唐賽兒

《女仙外史》的作者呂熊（約一六四〇—約一七二二年）出生於明末清初這一動盪的時代。他的父親呂天裕是一位愛國志士，富有民族氣節，告誡他以醫為業，書固然要讀，但不許去應清朝的考試，做清朝的官。這些都對他的思想與創作產生了很大影響。呂熊「性獨嗜詩文、古文及書法，博習不厭」（《崑山新陽合志》），陳奕禧在〈女仙外史序〉中說他學識淵博，「文章經濟、精奧卓拔」。他性情孤傲，倜儻不群，學問雖好，卻一直只是幕友。因治河有功，直隸巡撫于成龍要題授他為通判，他也堅決辭謝了。

然而與許多無意做官、也不曾出仕的飽學之士一樣，呂熊也憤世嫉俗並有濟世的熱情。這在他晚年撰寫的《女仙外史》中充分展現，正所謂「平生學問心事，皆寄託於此」（劉廷璣

《在園雜志》）。他在《女仙外史》自序中云：「夫建文帝君臨四載，仁風洋溢；失位之日，深山童叟，莫不涕下。熊生於數百年之後，讀其書，考其事，不禁酸心髮指，故為之作《外史》。」此中足見《女仙外史》是作者有感所發，寄寓其「平生學問心事」，而並非一時遣興之作。

《外史》以明初燕王朱棣同建文帝朱允炆叔侄爭奪皇位的鬥爭為背景，講敘農民起義女領袖唐賽兒「起兵勤王」的故事。這唐賽兒起義就如《水滸》中的宋江起義一樣，是有歷史根據的。明代沈德符《野獲編》就有記載。

此外，在《明史·成祖紀》、《通俗編》中關於唐賽兒起義也都有記載，彼此有些出入，但萬變不離其宗，即唐賽兒揭竿起義，細民數萬翕然從之，儘管起義失敗了，卻使明成祖萬分驚恐，視其如洪水猛獸，為擒得作亂「妖婦」，竟下令「盡逮山東、北京尼及女道士」，而後又盡逮天下出家婦女。正是這被統治者咒罵為十惡不赦的「妖婦」的唐賽兒，在《女仙外史》中卻是月宮中的翩翩仙女嫦娥下世。全書寫明永樂時，山東蒲臺女子唐賽兒是嫦娥下世，自幼聰穎，習文修道，惠濟一方，後得天書，習諳法術。燕王朱棣，本為天狼星投生，起兵叛亂，篡位登基，迫使建文帝逃離京城。唐賽兒「起義勤王」，天上諸仙，如鮑姑、曼陀尼、聶隱娘、公孫大娘等，紛紛下凡相助；剎魔公主與之結義，也前來參戰。唐賽兒屢敗燕軍，威震天下。明廷震動，想要聘賽兒為正宮，被其回絕。後朝廷集重兵鎮壓，義軍失敗。小說結局燕王猝然身亡，燕太子繼承帝位，賽兒重返月宮。

小說把威行中原的「攝政帝師」唐賽兒納入「忠義」英雄的範疇，描寫她赫赫勳業的一生。作者如此肯定造反英雄，為之著書立說，這顯然與清初倡導的綱常名教背道而馳。而小說題為《外史》，可見其旨本在背離綱常，與「正史」相抗。

小說的歷史背景是朱棣起兵叛亂，取代其侄建文帝。建文帝與朱棣之間的鬥爭本質是統治集團內部削藩與反削藩的鬥爭。朱棣一旦成了勝利者，登上王位，即利用手中權力控制言論，把反叛粉飾為意在「清君側」，把忠於建文帝支持削藩的大臣誣為「奸臣」，而自己竊取帝位也成了「受天之命」。他這套揚己抑人的矯飾之辭流行明代二百多年，成為定論，寫入「正史」。然呂熊則在這部《女仙外史》中大膽翻了三百年的舊案。在《外史》中，作者本著「褒忠殛叛」的創作主旨，不承認朱棣的合法性，在他登上帝位後仍稱之為「燕王」，依附於朱棣的文臣武將則被斥為「叛臣逆子」，與之相對，對於忠於建文帝的「忠臣義士」則大加歌頌。這裡，呂熊悖逆了「成者王侯敗者寇」的封建傳統邏輯。

此外值得注意的是根據史實，唐賽兒起義與朱家叔侄爭奪天下一事前後相差近二十年，這當然並非作者無知，而是其苦心經營，有意借燕王朱棣來影射清朝，藉建文帝朱允炆來影射南明的反清諸王。作品中極力鞭撻從北方南下的燕軍，充分褒揚以金陵為根本的「王師」，這也很容易使人聯想到北下攫取全國政權的清軍與堅持反清二十年的南明政權。

作者甚至於遺憾自己生晚了，未能參加抗清鬥爭，遂禁不住「過屠門而大嚼」的情感衝動，索性化身為呂律，進入書中當了唐賽兒的軍師。

《女仙外史》獨尊魔道，這是呂熊區別於一般士大夫的一番新的見解，使小說不同於以往的神魔小說，於釋道兩教窠臼外，又添一魔教，且魔教超過釋道。魔教原型實即始終為正統勢力鎮壓的摩尼教（明教）。第三十一回，在十八位女仙作詩之後，魔教教主剎魔公主題詩說：「一拳打倒三清李，一腳踢翻九品蓮。獨立須彌最高頂，掃盡三千儒聖賢。」此中魔教把儒釋道三教都壓倒了。且以仁、義、禮、智、信為五賊，五賊亡，才能有大作為。作者藉魔以諷世，其中「不顛倒一世不止」的反叛精神也躍然紙上。正如佛經《大智度論》中云：「問曰：『何以為魔？』答曰：『奪慧命，壞道法功德善本，是故名為魔。』」

對於魔教的崇尚與對魔教這一造反人物的歌頌，這顯然是作者背離綱常的表現；而創作中以「褒忠殛叛」為主旨，自又如楊顒所言：小說之旨在「扶植綱常」。可見，作品中存在著深刻的矛盾。而矛盾的癥結在於唐賽兒起義旨在「勤王」，所以所謂起義與叛逆，其終極目的卻仍是維護傳統意義上的中央集權，忠義才是最高的道德標準。這當然是不可否認的作者思想上的侷限性，但在清初綱常名教高壓統治的時代，能夠在作品中表露出這種離經叛道的思想，已經是呂熊對世人的一大貢獻，同時也成了《女仙外史》「觸當時忌」的重要原因。

蒲松齡畢生心血著《聊齋》

山東省淄川縣蒲家莊外的十字路口上，有兩棵老柳樹。酷暑難當，老柳樹匝下一地陰涼。樹蔭下鋪著一張席子，席子上端坐著一位鬚鬢蕭疏的老頭。每有南來北往的路人經過，老者便招呼他們過來歇腳，並從旁邊早已準備好的一口缸裡舀出一瓢綠豆湯，給飢渴的人喝。但要求他們喝完後必須講一段稀奇事，老者邊聽邊點頭，然後回到家中，筆走龍蛇把這些事情記下來。

這位老者便是清代著名的短篇小說家蒲松齡，行人們講給他的各種稀奇事就成了他筆下精彩的神鬼故事，傳說《聊齋志異》的創作素材就是如此得來的。

蒲松齡（一六四〇—一七一五年），字留仙，一字劍臣，別號柳泉居士，明崇禎十三年四月十六日，誕生在淄川縣城東約七里外的蒲家莊。蒲松齡兄弟四人，他排行第三，也是兄弟行中最聰慧最出色的，十一歲起便從父讀書。其父蒲槃，「少力學」，「操童子業」，按《蒲氏族譜》，蒲松齡的高、曾、祖、父四輩亦頗多儒生，可稱得上是書香門第了。

然而圍繞著蒲松齡的民族問題，卻歷來爭論頗多，在學術界已成為一樁公案。關於蒲松齡的民族屬性，竟有四種說法：女真族、蒙古族、回族和漢族。蒲松齡的遠祖不是漢族，這在學術界早有議論，議論的根據是蒲松齡自己作的《族譜序》。

持「女真族說」的人尚有一條補證：《元史》卷六有「甲子，以蒙古人充各路達魯花赤，漢人充總管，回回人充同知，永為定制。」蒲氏遠祖既為般陽總管，當為漢人，而當時所謂漢人，也包括女真族。而且「蒲魯渾」是金女真人習用的名字，這在《金史》中可以查見。

持「蒙古族說」的似乎證據單薄一些，因蒲魯渾像個蒙族的漢譯名，就推斷蒲松齡是蒙古族。又有《蒙古族簡史》認為：「蒙古族文學家蒲松齡，把採自民間的鬼怪故事編寫成《聊齋志異》，藉以反映社會現實，內容生動有趣。」但這種說法並無具體的考證，似乎不能為人所信。

堅持「漢族說」的則認為，「根據淄川地區民族聚居的特點——這裡為漢族世居之地」。又：「淄川的蒲氏後裔，無論其散居天涯海角，並沒有一個人承認自己是少數民族。他們數百年來對自己是漢族人，一直篤信不二。」但他們的理由似乎猜測的成分大了些。

最可信的應該是「回族說」。理由如下：一是「蒲」乃阿拉伯語的漢譯，意為「尊者」、「父親」，從宋代以來定居在中國的阿拉伯人和波斯人，其中一些便以「蒲」為姓。二是蒲松齡的祖上蒲魯渾系阿拉伯人名的漢譯，《古蘭經》第一百一十一章中即有此名。三是據《八閩通志》卷二十七記載，蒲居仁曾任元代都轉運鹽使，此職多為回族人擔任。四是福建《蒲氏宗譜》云：「世秉清真教，天下蒲皆一脈。」據此，蒲松齡應是回族人的後裔無疑了。

但不論蒲松齡的民族背景如何，他的生平經歷卻與此無關，蒲松齡的平生也是充滿了苦難的。蒲松齡自幼讀書，少年得意，十九歲初應童子試，便「以縣、府、道三第一，補博士弟子員，文名籍籍諸生間」，頗受當時的山東學政、大文豪施閏章的賞識。儘管蒲松齡也曾苦攻經史、八股，但畢竟與科場無緣，直到七十二歲，才得了個歲貢的功名，但自己也覺得「腐儒也得賓朋賀，歸對妻孥夢也羞」了。

蒲松齡一生坎坷，歷盡貧窮困頓。成年後不久，因難免有妯娌不和之事，四兄弟分家單過。蒲松齡只得薄田二十畝，農場老屋三間，「曠無四壁，小樹叢叢，蓬蒿滿之……一夜中觸雨瀟瀟，遇風喁喁，遭雷霆震震諤諤；狼夜入則塒雞驚鳴，圈豕駭竄。」而且妻子劉氏共生三子一女，生活更加艱難。為維持生計，蒲松齡被逼無奈，做了一年的幕賓。一年中蒲松齡曾南遊至寶應縣，離家在外，又是思鄉，又是感傷，傷的是落拓不遇。為幕僅一年，蒲松齡便辭職返家，但生計仍無著落，不得已，蒲松齡開始了長達四十年的坐館生涯。曾先後在王敷政、唐夢賚、高珩、畢際有等幾家望族教家塾，蒲松齡曾做俚曲〈學究自嘲〉來描述他當孩子王時的生活：「墨染一身黑，風吹鬍子黃。但有一線路，不作孩子王。」

做孩子王的生活境遇雖然艱辛，但幸喜這幾家主人思想尚開通，允許並支持蒲松齡蒐集奇聞怪事，寫作《聊齋志異》，如唐夢賚曾為此書作序，畢際有還給蒲松齡提供寫作素材，實屬不易。蒲松齡在三十一歲前後便已開始動筆寫作，至花甲之年《聊齋志異》初具規模，直到七十多歲，才最後完稿。《聊齋》的寫作幾乎貫穿了蒲松齡坐館的四十年歷程，這與各館主人的鼎力支持也是分不開的。

《聊齋志異》尚未成書時，便已受到社會各界人士的歡迎，各種手抄本被廣為傳看。傳說蒲松齡有個老同學祝枝柳在京為官，一天上朝時，因讀此書過於專注，康熙皇帝來了他都沒有察覺。康熙皇帝把書拿走，讀罷也被其中的故事深深吸引，並親筆題寫了書名。這只是一種民間傳說，未必真實，不可輕信，但也足見時人對此書的喜愛。

蒲松齡終生受科舉所累，因此在《聊齋》中，記述了很多與科舉有關的故事。可堪代表的有〈賈奉雉〉，寫賈奉雉「才名冠一時，而試輒不售」。精心構築的文章不受青睞，而胡亂連綴的一篇文章竟使他「中經魁」。當他重閱此稿時，冷汗淋漓，深為自己寫出這樣的文章而感到羞愧，遂拋棄已到手的功名，而隱遁山林。這科場世界是如何的美醜顛倒、黑白倒置，竟使許多屢試不中的讀書人產生了畸形、變態的心理，像夢中翰林、鬧出笑話的〈王子安〉，鬱悶至死的葉生，〈于去惡〉中的陶聖俞和于去惡，〈素秋〉中的俞慎和俞士忱等。〈三生〉中的興於唐與千百個鬼魂大鬧陰司，要求閻王拘攝考官，「抉其雙睛，以為不識文之報」，結果考官被剖腹挖心，「眾始大快」。想必讀者讀到此處亦會拍手稱快。

蒲松齡曾做過一年的幕僚，坐館時亦與官場有不斷的聯繫，因此他對官場的一些事情十分諳熟，這在他的故事中不時地流露出來。《聊齋》中有貪贓枉法，有賣官鬻爵，有賄賂公行，有草菅人命；又有土豪劣紳的橫行鄉里、仗勢欺人，為富不仁等等。第七卷中有〈梅女〉一篇，寫了一個冤枉倒霉的梅家女子：「……梅氏故宅，夜有小偷入室，為梅所執，送詣典史。典史受盜錢五百，誣其女與通，將拘審驗，女聞自經。」堂堂國家官吏，僅為了五百錢，便逼死了一條人命，這天理何在？但後來這典史也受到了懲罰：他的妻子顧氏夭亡而為鬼妓，一次二人竟撞見，顧的娼母怒斥典史：「汝居官有何黑白？袖有三百錢便爾翁也！神怒人怨，死期已迫。汝父母代哀冥司，願以愛媳入青樓，代汝嘗貪債，不知耶？」罵得典史狗血噴頭，真是痛快淋漓。而梅女也「從房內出，張目吐舌，顏色變異，近以長簪刺其耳。」由是典史當天夜裡便死了。這個故事在一定程度上體現了善有善報，惡有惡報的因果觀念，寄託了作者和讀者的理想，儘管大家都知道這樣的事是根本不可能發生的。

蒲松齡寫《聊齋》，不僅批判了那些不合情、不合理的社會現象，而且對人性中的各種缺點也有揶揄和諷刺，像〈雨錢〉一篇，就毫不留情地諷刺挖苦了貪財虛偽的書生：一書生頗以高雅曠達自居，一老翁慕名而來，書生留其居住。有一天書生竟求老翁資助，老翁施法術，灑下漫天錢雨，書生大喜。可等他取用時，錢已化為烏有。書生不滿而責怪老翁。翁氣憤地對書生說：「我本與君文字交，不謀與君做賊！便如秀才意，只合尋梁上君子交好得，老夫不得承命！」其言聽之，蕩氣迴腸，正義凜然，不知蒲松齡先生是否也以此語訓斥過想以金錢與之交的人。

《聊齋志異》中記述的，盡是一些新奇的故事，其中也有因社會動蕩，兵匪猖獗時發生的一些巧合。卷六有〈亂離〉篇，便記載了兩件這樣的巧事：劉家有女，許配戴生，尚未出閣，值北兵入境，劉女被一個牛錄掠去，被迫嫁給牛錄的義子，新婚之夜，發現這個丈夫即是戴生，原來戴生也是被牛錄搶來做義子的。又有陝西某公，因家鄉遭盜賊騷擾，妻離子散，無處尋找，後調任京都。他有個老僕人喪偶，無錢娶妻，公便給了些錢讓他到市上去買個女人。結果第一天買回個老太太，竟是此公的老母；第二天買了個三十多歲的漂亮女人，又竟是此公的妻子，於是此公一家團聚。這真是：「無巧不成書」了。

《聊齋志異》不只是一本故事集，竟也是一部民俗方面的百科全書，其中各種禮節、習俗、風物應有盡有。

康熙五十四年（一七一五年）正月二十四日，蒲松齡於窗前坐化而去，享年七十六歲。

奇人石成金與奇書《傳家寶》

清代康熙、雍正年間，文字獄最盛。多少讀書人、著書人偶因一字之差，導致頸上人頭搬家，午朝門外冤鬼群號，向寧古塔去的路上哀鳴遍野。像洪昇為《長生殿》斷送功名到白頭，孔尚任因《桃花扇》丟官，此類事屢見不鮮。文人們害怕了，於功名利祿的心思也逐漸淡漠，遂把樂趣轉向一些有趣的雜事，而把「莫談國事」的牌子高高地懸起。蒲松齡著《聊齋志異》，託情於鬼怪，怕也有這樣的意思。而雍正年間，又出現了一位奇人，一本奇書，那就是石成金的《傳家寶》。

石成金（一六五九－一七三九年），字天基，號學海，又號惺齋，江蘇揚州人。生於清世祖順治十六年，卒年不詳，但據考證，乾隆四年二月十五日（一七三九年三月二十四日），石成金八十歲時，還曾為作品《俚言》題寫〈自敘〉，可見他肯定活到八十開外。石成金少年時也致力於科舉，並曾在康熙四十五年（一七〇六年）考中進士，授寶砥知縣。石成金如此長壽當然有他的祕訣，據說他一生放曠、胸懷坦蕩、磊落無私，事親以孝，交友以信，以誠篤稱，又虔信佛教。時人稱其「志在詩書，雖年至耄耋，而未嘗廢圖書筆墨；情娛花酒，縱時當寒暑，而亦不惜杖履，悠遊四方。」可能也正因此，他才能著出傳世名作《傳家寶》。石成金著作甚多，除《傳家寶全集》外，尚有《石成金醫書六種》、《養生鏡》、《長生祕訣》等流傳後世。

《傳家寶全集》共收錄〈笑得好〉、〈俗語正訛〉、〈傳家寶俗諺〉、〈五更調〉等等，洋洋百萬言，像一部大百科全書，包括了被歷代人普遍關注的各種人生問題。據石成金在《俚言．自敘》中所指出，他作此書的目的，乃是「正心敦倫」，以警醒世人。全書多用俚語，詞句淺顯、通俗易懂，這是此書的風格，也是作者的主張：「天下人眾，以大概論之，讀書明道之通士，僅未小半，而不讀書者、少讀書之常人，轉多大半。若以深奧文言，與常人談說，猶方底圓蓋，不能領略，說如不說同也。」所以，《傳家寶》讀者甚多，流傳甚廣。

由於作者石成金事親至孝，因此在《傳家寶》中，勸人孝敬的篇幅很多，書中寫道：

「你仔細想，你身體是何人生出來的？就知道父母大恩了。你仔細想，你乳哺飢寒是何人撫養的，就知道父母大恩了。你仔細想，你今知南知北，識長識短，是何人指教的，就知道父母的大恩了。要知父母一團心血，完全放在兒子身上，然後才得長大成人，是以父母大恩比同天地高厚，並非虛言。予有常歌云：我能數盡青絲發，只有親恩數不來。因其恩多難盡也。」作者能深深地體諒父母的辛勞和苦心，對不孝的子孫感到痛心疾首，並一一歷數如何孝順父母，從飲食起居，到疾病護理，並為父母排憂解愁等，其心細如髮，真情感人。

《傳家寶》不只對正心修身、待人接物等有詳細的解釋和規定，而且還具體生動地闡明了士、農、工、商、醫等各行各業的經營訣竅，並對花鳥魚蟲等自然風物均有研究，又詳錄了許多藥方、藥膳，甚至美容養顏的具體方法，諸如白肌膚法，面手如玉法、桃花嬌面法、去面上粉痣法，甚至女人初束腳不疼痛法等，妙趣橫生。而最重要的是《傳家寶》一書通過對人的遭際、命運、得失、成敗、窮通，禍福的見解，體現了作者對人和人性的哲學思考，它可以作為一個時代的思想潮流，並不斷地給後人以啟發和思索。這在石成金撰寫的一些歌謠上可以看出來，如他的《天基快活歌》中有一首〈楚狂歌〉，藉楚狂的口吻唱出了作者的見識：

八句詩吟窮了賈島，一盤棋看老了王樵。哪裡能釣東海鰲，哪裡能縛南山豹。哪裡管玄都觀裏桃，哪裡管周子窗前草。哪裡去聽王子晉的鳳簫，哪裡去做陸龜蒙的茶灶。懸甚麼黃金印，穿甚麼蟒龍袍；係甚麼呂公絛，戴甚麼毗羅帽；做甚麼詩詞歌賦，寫甚麼行真隸草；習甚麼弓箭拳棒，舞甚麼劍戟槍刀。也不上萬言書，也不奉金鑾詔；也不煉九還丹，也不唱陽關調；也不向赤壁遊，也不泛江東棹；也不學天文地理，也不講三略六韜；也不求仙去邯鄲道，也不問卜走洛陽橋。漫把名利拋，閒共煙霞嘯。這現在的青山綠水不用筆描，這自然的異木奇花不用水澆；這眼前的風月不用費錢買，這案上的詩書不用動手抄。望孤峰，衝漢霄；看青松，常不老。無憂無慮樂逍遙，無榮無辱醉酕醄。釣竿上的風月多，酒甕裡的是非少。兩扇門緊閉著，猶恐怕白雲來攪擾。頭枕溪山半個瓢，不惹事的先生醉了，醉了。任紅塵世上飄，任兒童拍手笑。黃粱夢盡著你英雄鬧，嘆人生怎麼睡不到曉？

詩中看破了利祿功名，嚮往著自然風貌，無憂無慮快樂逍遙。其中「也不上萬言書」，「不惹事」等字詞語意當與時代背景有關，而末句「嘆人生怎麼睡不到曉？」則旨在點醒世人，莫癡莫嗔，且歌且笑。這種主張並非消極意義上的避世，而是中國幾千年文化遺傳下來的隱逸的、風流的人格的化身，它與中國傳統文化中的節奏合拍。

《傳家寶》中還有《真福譜》、《真福譜續集》，在《真福譜續集・自敘》中，作者指出：「真福多在眼前，只要人能知足知止，並不遠求難致。」在作者看來，幸福在於存心快樂常知足，少思少言少色欲，怡情靜坐無塵俗，居住朝南精潔屋，清晨一餐滋潤粥，明窗淨几娛心目，滿架詩書隨意讀，但有隙地栽花竹，早完賦欠免催促，對酒狂歌田野曲等。這些該是上文歌意的延續。又有《高賞集》，是改編高子的散文，但也頗見意趣，諸如〈蘇堤看新綠〉：

> 三月中旬，堤上桃柳新葉，黯黯成陰。淺翠嬌青，籠煙惹濕。一望上下，碧雲蔽空。寂寂撩人，綠浸衣袂。落花在地，步蹀殘紅。恍入香霞堆裡，不知身外更有人世。知己清歡，持觴覓句。逢橋席賞，移時而前，如詩不成，罰以金谷酒數。

可見石成金雖處處以俗標榜，但其絃歌雅意也是掩飾不住的，常常不經意地流露出來。畢竟石成金也曾飽覓詩書，他得中進士想也不是偶然。

《傳家寶》一書內容太廣，條目甚多，難以一一計數，讀者只有自己去潛心研讀，才能體會箇中樂趣，然後拍手稱快。此書被前人譽為「雖然遊戲三昧，可稱度世金針」，並非虛傳，而石成金之「點石成金」，以語醒人的本意該也不是虛名了。

桐城士人方苞的人生經歷

方苞（一六六八—一七四九年），字鳳九，號靈皋，晚年自號望溪。方苞出生在一個士大夫家庭，有很深的家學淵源。曾祖方象乾，曾任明崇禎按察司副使；祖父方幟，是清朝的蕪湖縣學訓導；父仲舒，國子監生，有詩名，嘗與杜濬、錢飲光等人詩酒唱和，其詩很有氣節：

兩代遭逢成漢魏，半生蹤跡各西東；
今朝共醉非容易，故國風雲在眼中。
——〈逸巢焚餘稿〉

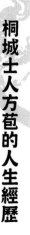

可見他還是在眷戀故國，仕清乃是無奈。

由於家庭的遺傳和耳濡目染，方苞很小的時候便已初露文學才能。四歲時，父親以「雞聲隔霧」命他對句，他脫口而出「龍氣成雲」。五歲時，其父便口授他經文章句。除父親外，兄長方舟方百川對方苞的影響也非常大，群疏的注疏部分，都是方舟為他講解。方舟是當時有名的時文大家，方苞對這位長兄很是崇拜：

八九歲誦左氏、太史公書，遇兵事，輒集錄，置袷衣中。避人呼苞，語以所由勝敗。時吾父寓居棠邑留稼村。兄暇，則之大澤中，召群兒，布勒左右為陣。年十四，侍王父於蕪湖。逾歲歸，曰：「吾向所學，無所施用。家貧，二大人冬無絮衣。當求為邑諸生，課蒙童，以贍朝夕耳。」逾歲，入邑庠，遂以制舉之文名天下。

有這樣一位懂事又有學問的兄長對他教育和呵護，方苞實在是受益匪淺。

方苞幼時貧困是確實的。當時全家九口都寄居在外祖吳家，在方苞六歲那年，搬回南京老宅，生計更加困頓，已到了衣食無著的地步。對此方苞在〈弟椒塗墓志銘〉中有記載：

「自遷金陵，弟與兄並女兄弟數人皆瘡痏，數歲不瘳，而貧無衣。有壞木委西階下，每冬月，候曦光過簷下，輒大喜，相呼列坐木上，漸移就暄，至東牆下。日西夕，牽連入室，意常慘然。」（《方望溪先生文集》）

這段困頓的生活經歷無疑對方苞影響很大，以至於他常有意無意之中謀稻粱之需，當然這是人之常情，也可以理解。後來方苞曾富裕過，在他由秀才而舉人而進士的二十年內，用其積年束脩，在江寧置地一百五十畝，在高淳置田二百畝，並把他曾祖在南京的另一所老宅贖回來，還新建了花園，這時的方苞已可以衣食得安了。

方苞的寬裕的生活環境是他用才氣和文名換來的，在他二十二歲中秀才之後第二年，隨學使高某進京，進入國子監，聲名鵲起。他的古文評價甚高，被稱為「韓歐復出」，「北宋後無此作」。當時的許多文學、理學大家也很推崇他，李光地對他的提攜和幫助就特別大。聽著大家的頻頻讚許，方苞未免有些飄飄然，因此恃才曠物，目中無人。史載方望溪為諸生時，即名動京師，當時李光地以直隸巡撫入相，則前往賀之，問：「自本朝以來以科舉升到您現在的位置的大概有多少人？」李光地屈指數得五十多人，方公說：「甫六十年，而已得五十餘人，其不足重明矣，願公共求其可重者。」口氣如此狂妄，令在座賓客張口結舌。

方望溪的狂妄也遇到過對手，當時的李紱就很瞧不上他。一次，方攜所作曾祖墓志銘給李看，李才閱一行即還之。方很憤怒，讓他說出道理，李紱說：「今縣以桐名者五，桐鄉、桐廬、桐柏、桐梓，不獨桐城也。省桐城而曰桐，後世誰知為桐城者。此之不講，何以言文？」這話未免有些狡辯的嫌疑，但也把方苞問得啞口無言，可他仍不肯改。

方苞的狂傲這一點雖不可取，但他似乎也有資格自命不凡。康熙五十年（一七一一年），戴名世《南山集》案發，方苞曾為此書作序，因遭池魚之殃，被判處死刑。虧了他的古文早已「簡在帝心」，又有李光地為其求情，因此只在刑部大牢關了十五個月就放出來了，不僅無恙，反而因禍得福，康熙帝下「方苞學問天下莫不聞」的御詔，將其召入南書房。第一天命作〈湖南洞苗歸化碑文〉，第二天作〈黃鐘為萬事根本論〉，第三天作〈時和年豐慶祝賦〉，這三篇文章深得康熙的賞識和認可，也為他以後的仕途鋪下了基石。在以後的三十年官宦生涯中，歷任武英殿總裁、翰林院侍講、內閣學士直至禮部侍郎，七十五歲才告老還鄉。

方苞主要以古文聞名，據說他年輕時也寫過一些詩，但查慎行勸誡他說：「你的詩不好，白白浪費了你的才力，不如專心寫古文吧！」於是他從此不再作詩，不知他是否為沒能遺傳父親的詩才而遺憾！

盡顯才藝的鄭板橋對聯

乾隆十八年（一七五三年），清代名士鄭板橋自山東濰縣解官後回原籍江蘇興化，免不了大宴揚州一帶的賓朋。恰逢他的好友、揚州名士李嘯村在座。鄭板橋指著李對大家說：「嘯村韻士，必有佳語。」果然，李嘯村當場即出一上聯：

三絕詩書畫

用唐玄宗評價畫家鄭虔的成句，將鄭板橋的成就總結得極為精當。座中的文士於是紛紛交頭接耳，卻苦於想不出一副貼切的下聯。鄭板橋哈哈一笑，不疾不緩道出下聯：

一官歸去來

以陶淵明的典故形容鄭板橋的解官，舉座為之稱絕。一副五言短聯足以概括鄭板橋的一生，又不同於五律的格式，而極富於楹聯文體獨具的內在節奏，實在堪稱佳構。

鄭板橋（一六九三—一七六五年），名燮，字克柔，號板橋，少時家貧，從二十六歲起就設館授徒以糊口。他科場並不順利，到四十歲才在南京鄉試中考中舉人。從此在鎮江焦山上潛心苦讀，四年後考中進士。但由於他的倔強的性格，到四十九歲才先後到山東范縣、濰縣做縣令。辭官之後在揚州以賣畫為生。他不僅喜歡以聯會友，自己還作過許多膾炙人口的名聯，人每以聯壇李杜譽之。鄭板橋的楹聯傳說極多。如江蘇民間傳說，兩江總督唐亦賢到揚州巡視，託一姚姓鹽商請鄭寫副對聯。姚姓鹽商想藉此討好總督大人，便特地定製兩張一丈長、六尺寬的宣紙，派人去請鄭板橋寫一副特大的對聯。鄭先是不答應，來人無奈，只好請姚加價，一來二去加到一千兩，鄭板橋卻非二千兩不寫。他見來人軟磨硬泡，索性提筆寫出上聯：

鄉里鼓兒鄉里打

然後就擱筆不寫了。來人見狀十分著急，鄭板橋卻說：「本來我說好二千兩銀子才寫，你卻只答應給一半，當然我只能寫一半了。」來人求情無效，只好一五一十回去彙報。姚姓鹽商一聽，知道上了鄭的圈套。如果不再出一千兩，一來得罪總督，二來前面的一千兩也白廢了。想來想去，只好忍痛再送一千兩銀子給他。鄭板橋接過錢，高興地說：「我鄭板橋可不是任你們財主擺佈的！」說著拿給他寫好的下聯：

當方土地當方靈

這副對聯後來收入《揚州畫舫錄》，也有說是給如皋的土地廟寫的，但遠不似這一傳說更富寓意。

傳說鄭板橋曾到通州遊玩，因為應酬太繁，就央求朋友將他送到一個清靜點的地方躲躲。朋友們為他在通州城西南的西寺租了一間房子。當家和尚不認識鄭板橋，見他穿戴普通，以為是個窮酸書生，便暗中吩咐小和尚粗茶淡飯侍之。每頓只有一碗糙米飯、一碗少油的白菜灑幾粒粗粒青鹽；喝的茶連茶葉也不放，只是開水上飄幾朵菊花。鄭板橋卻並不在乎，直到十天後他的朋友們來看他，當家和尚方才如夢初醒。為挽回面子，便請鄭為後園新砌的涼亭題聯。鄭板橋笑著寫下：

白菜青鹽糗子飯
瓦壺天水菊花茶

將老和尚羞得滿面通紅。不過鄭板橋在鎮江焦山後山的別峰庵借住時，就和庵中唯一的一位老和尚相處得很好。這座庵在後山的深處，只有幾間破屋，可每天鄭板橋幫助老和尚收拾打掃，倒頗有幽雅的情致。他曾為此庵題過一副對聯：

室雅何須大
花香不在多

此聯意境幽遠，因此流傳甚廣，至今居家仍多有張掛者。鄭板橋還有贈這位焦山長老的：

花開花落僧貧富
雲去雲來客往還

聯意灑落自在，且能夠將自家「貧富」當做「花」的開落一般看，又無心於人來人往的歲月變遷，實在頗得僧家機趣。此聯屬於偏對（又稱異類對），而且逕自以死字（形容詞）「貧富」對活字（動詞）「往還」，卻益發和諧自然，足見鄭板橋的楹聯已經突破束縛，達到變化不拘的自由境界。

鄭板橋的楹聯擅長對景緻的點染，如他在山東濰縣任知縣時，為所居官舍所題：

霜熟稻粱肥　幾村農唱
燈紅樓閣迥　一片書聲

日常景色的淡雅描繪中融注了作者多少深摯的愛民情性！乾隆十五年（一七五〇年）鄭

板橋在濰縣曾作一饒有情致的春聯：

秋從夏雨聲中入
春在寒梅蕊上尋

和西詩「冬天來了，春天還會遠嗎？」（雪萊）有異曲同工之妙。再如他為鎮江焦山的自然閣所題：

汲來江水烹新茗
買盡青山當畫屏

此聯在揚州的小金山也有懸掛。青山秀水的優美背後是人生境界的從容。鄭板橋晚年在揚州優遊詩酒，自謂「而今老去知心意，只向精神淡處求」、「七十老翁淡不求，風光都付老春秋」，因此多有意境恬淡自由的聯作。如他晚年家居時的自題堂聯：

古鼎藏書　百年相伴
名花美酒　四季皆春

再如他在臨終前不久為自己那梧桐樹環抱的清幽院落題寫的門聯：

百尺高梧　撐得起一輪月色
數椽矮屋　鎖不住五夜書聲

鄭板橋有些言志的對聯直接就是他獨到的人生哲學的凝練的詩化表達。典型的例子有：

富於筆墨窮於命
老在鬚眉壯在心

體現了他對通達而清新的生命意境的體證與尋求。再如：

虛心竹有低頭葉
傲骨梅無仰面花

鄭板橋在做縣令時就是出名的「強項令」，他堅持對蒼生有悲憫、對權貴不屈服的處世態度，以自己的整個生命實現了「虛心」境界與「傲骨」精神的統一。這令人神往的人生智慧當然是來自他平日持練有素的養心功夫。有聯云：

慧裡聰明長奮躍
靜中滋味自甜腴

他的書法融篆隸入行楷，號稱「六分半字」，魯迅先生《準風月談》稱為「叉手叉腳的，頗能表現一點名士的牢騷」。關於書法，鄭板橋也有楹聯論及：

二三星斗胸前落
萬花飛舞聖人書

以書法為生命力量的自由揮灑，頗具意態縱橫之感。鄭板橋平生最擅畫的就是蘭花，自稱「七十三歲人，五十歲畫蘭」。他曾有題畫蘭的對聯：

處世總無窮竭處
看花全在未開時

恬淡的詞句中躍動著青春的靈魂。章太炎先生的高足馬宗霍曾謂鄭板橋詩文「有三真：曰真氣，曰真意，曰真趣」。這一論斷移來評價他的楹聯也至為切當。他主張詩文「本無定質」，全然「視人之用之者如何」，認為詩文的妙處「不但於有字句處觀看，尤須於無字句處求之」。鄭板橋所謂詩文當然也包括楹聯。這些性靈的主張無疑可視為他的灑脫自如的楹聯創作的理論昇華。鄭板橋又有一副題畫室的聯，因為揭示了藝術創造的本質規律而膾炙人口：

刪繁就簡三秋樹
領異標新二月花

精煉而有新意正是鄭板橋楹聯的風格所在。

楹聯文體的發展由短聯而長聯，實為大勢所趨。鄭板橋著名的六十自壽聯即是每邊十一句，一百零四言，不僅是清代楹聯史上從金埴到孫髯翁的轉折點的標誌，而且是他一生事蹟心情的絕妙概括：

常如作客，何問康寧，但使囊有餘錢，甕有餘釀，釜有餘糧，取數頁賞心舊紙，放浪吟哦，興要闊，皮要頑，五官靈動勝千官，過到六旬猶少；

定欲成仙，空生煩惱，只令耳無俗聲，眼無俗物，胸無俗事，將幾枝隨意新花，縱橫穿插，睡得遲，起得早，一日清閒似兩日，算來百歲已多。

揚州怪傑，書畫雙絕

鄭燮鄭板橋是著名的「揚州八怪」之一，其詩怪、字怪、畫怪、人更怪。清末有一位四留老人曾作詩詠板橋：「狂狷真名士，孑孓怪縣令。畫法參書法，竹情見人情。斷獄袒寒士，求賑忤大公。怒擲烏紗去，一笑兩袖清。」此詩是鄭板橋的真實寫照。

一日板橋夜臥，以指畫席作書勢，誤觸其夫人，夫人嗔怪道：「人各有體，胡為犯我？」板橋大悟，從此立意追求自己的體式，獨創了一種「板橋體」書法，他自己稱之為「六分半」，意思是此體比古代之八分書體，尚欠一分半，這種書體參考了真、草、隸、篆四種體式，筆力雄渾，力透紙背。同時他還別出心裁，把畫法融入書法，更顯得氣韻流動，飄逸絕俗。板橋又一書體稱「柳葉書」，落筆處如風擺柳葉，飄然欲動，獨具神韻。乾隆朝蔣士銓作詩讚道：「板橋作字如寫蘭，波磔奇古形翩翩；板橋寫蘭如作字，秀葉疏花見姿致。下筆別自成一家，書畫不願常人誇；頹唐偃仰各有態，常人儘笑板橋怪。」板橋的怪書法，堪稱一絕。

板橋罷官回鄉之際，有揚州李嘯村讚他「三絕詩書畫」，板橋揮筆對曰：「一官歸去來。」板橋的畫是第二絕。板橋之畫，多畫蘭竹石，其蘭「葉尚古健，不尚轉折，用筆直來追去，卻逐步頓挫，留得筆住」，其花亦「雄渾挺拔」，與眾不同，於蘭中可見娟娟煙痕，蕭蕭雨影。其竹也怪，有時寥寥數筆，似惜墨如金，「一枝竹十五片葉」，有時又潑墨如雨，滿眼是竹，竹葉密匝匝不透風。有時立根於破崖之上，桀驁不馴；有時於暴風驟雨之中，傲然挺拔。有時以蘭、竹、石交相輝映、變化多端，各盡其妙。板橋的畫，別人只能欣賞，卻學不來，堪稱空前絕後。

板橋詩更絕。其中很大一部分是題畫詩，與其蘭竹石相映成趣。他的題畫詩也怪得很，例如：「一二十片葉，三四兩竿節」，「一節一節一節，一葉一葉一葉」，用詞用韻都古怪。有些題畫詩風趣詼諧，令人絕倒：

老幹霜皮滑可捫，娟娟小翠又當門；
人間俱慶圖堪畫，卻是家公領阿孫。

又有些詩是板橋託物而言其「青雲之志」和放誕不羈的感情。如「老老蒼蒼竹一竿，長年風雨不知寒；好教直節青雲去，任爾時人仰面看」。後兩句似有李白「仰天大笑出門去，我輩豈是蓬蒿人」的遺風。又有「世人只曉愛蘭花，市買盆栽氣味差；明月清風白玉窟，青山是我外婆家」，極言板橋之志素在明月清風，山中幽蘭，而不喜世俗的齷齪。又有「此身願劈千絲篾，織就湘簾護美人」之句，是他七十歲時作，如此雅興、閒心、綺語，令人莞爾。

板橋人如其字、如其畫、如其詩，不脫放浪不羈的瀟灑氣，又常有誠懇真摯處，但多的是幽默詼諧。板橋曾刻一印，曰「徐清藤門下走狗鄭燮」，敢把自己稱作走狗的，大概只有他一人了。

板橋行事也非常古怪，任縣官時，邑之崇仁寺與大悲庵相對，有寺僧私尼，為人發現，縛之見官。板橋見僧尼年紀相彷，遂令他們還俗，配為夫婦，並作詩以記之：

一半葫蘆一半瓢，合來一處好成桃。
從今入定風波寂，此後敲門月影遙。
鳥性悅時空即色，蓮花落處靜偏嬌。
是誰勾卻風流案，記取當堂鄭板橋。

詩意詼諧，但其中亦有真誠在內。而如此判案法，也足以讓人嘆為觀止了。

由於板橋的詩書畫絕妙，因此前來求索的人特多。板橋往往依人而論，依心情而論，並不計貧富。如果遇到他喜歡的人，他可以不要一紋銀，甚至主動給人作畫寫詩。若索畫的人是那些為富不仁的達官和財主，他一般不給，即使給了也要捉弄他們以取樂。一次有個豪紳新樓落成，大宴賓客，請鄭板橋題寫匾額。板橋欣然寫了「雅閣起敬」四字。後來暗中關照製匾的油漆匠：「雅」、「起」、「敬」字上油時只漆左邊，而「閣」字只油外框。一段時間後，由於沒上油的部分褪色，「雅閣起敬」變成了「牙門走苟」，如此智慧，令人絕倒。

但板橋雖多智謀，也不免被人暗算，孫靜庵《棲霞閣野乘》中就記載了這樣一則軼事：

板橋嗜狗肉，謂其味特美，若有人給他狗肉吃，輒作書畫小幅報之。時揚州有一鹽商，求板橋書不得，雖輾轉購得數幅，但沒有上品，於是想出了一個辦法。一日板橋出遊稍遠，聞琴聲，循聲找去，見竹林中一大院落，頗雅潔，入門見一人鬚眉甚古，危坐鼓琴，一童子烹狗肉剛熟。板橋大喜，老人邀他共吃狗肉，板橋為謝他，主動給他作畫。署款時發現這是鹽商的名字，但老人辯曰：「老夫取此名時，某鹽商尚未生，且同名何傷，清者清，濁者自濁。」板橋也沒在意。後來鹽商宴客，強請板橋光臨，才發現自己上當，然已無可奈何矣。

徐大椿：名醫、詩人、水利家

在清代的大醫學家裡，徐大椿是可以無愧地居於泰斗之高位的。徐大椿（一六九三—一七七一年），字靈胎，原名大業，晚號洄溪道人。祖籍浙江嘉興，後舉家定居於江蘇吳江。

徐大椿治病方法多不合定規，可卻常顯奇蹟。民婦任氏患風痹，兩腿如針紮般疼痛。徐大椿讓人拿厚被將病人裹住，叫一強壯女子緊緊抱住她。任氏疼痛難忍，大聲呼號，掙扎撲打，徐大椿也不讓人放開她。鬧了半日，不覺發出許多汗來，汗一出疼痛立即消除，就這樣患者未服一劑藥而自然痊癒。

某村生一嬰，竟沒有皮膚。家人為之驚駭傷心，想要把孩子丟棄掉。徐大椿得知忙趕去救治。他根據以前醫書中的醫治方法加以創造，把極細的糯米粉灑在嬰兒身上，用絲綢輕輕包裹好，置一土坑中，再用薄薄的細土覆蓋，照常餵奶。二日後，嬰兒竟奇蹟般地生出了皮膚。

中醫是門非常神奇的學問，它不僅是藥方，不僅是身體傷病的修復，它更有一套玄奧非凡的生命理論。它是中國傳統文化精神在生命科學上的映現。本著天人合一的宇宙規則，中醫認為人生的存在形式本應順應陰陽諧和、生生不息的自然之理，所以中醫不是技藝，而是哲學。徐大椿的醫學著作甚豐，著名的有《醫學源流論》、《蘭臺軌範》、《神農本草經百種錄》、《傷寒類方》等。書中徐大椿多有醫理的闡發，而且都是他自己的實踐、參悟所得，並非簡單地因襲前論。《四庫全書總目提要》裡稱他的書「持論多精鑿有據」，蓋非虛言。元氣論可說是徐大椿生命哲學的一個根基，他在《醫學源流論．元氣存亡論》中闡發此理曰：

> 蓋人之生也，顧復蟲而卻笑，以為是物之生死，何其促也，而不知我實猶是耳。當其受生之時，已有定分焉。所謂定分者，元氣也。視之不見，求之不得，附於氣血之內，宰乎氣血之先。其成形之時，已有定數。譬如置薪於火，始然尚微，漸久則烈，薪力既盡，而火熄矣。其有久暫之殊者，則薪之堅脆異質也。

此段論述行文優美樸素，而且還富有哲理，從中可見中醫重體悟、重超越的特點。從這一點上說，中國傳統醫學的精神意境和古典詩學的審美境界也是豁然貫通的。徐大椿是名醫，同時又是個詩人，當然也就可以理解了。

醫理並非空談，實際應用時自然效果非凡。史書記載沈德潛未遇時，徐大椿為其號脈，並由此預言他終將大貴，後來沈果真成了乾隆的寵臣。乾隆二十四年（一七五九年），大學士蔣溥患重病，徐大椿第二年應詔入京為他診病。號過脈後，徐大椿斷言已無可挽救，去世的那天當是立夏後的第七日。後來事實的發展又被徐大椿言中了。看來徐大椿的醫術高明並非虛傳，乾隆於是召他入太醫院，大椿卻辭謝而歸，仍舊做他的布衣去了。乾隆三十六年（一七七一年），皇帝再召，七十九歲的徐大椿入京，是年冬去世，詔賜「白金」。

性靈詩人袁枚曾左臂患疾，專程乘船到洄溪找徐大椿醫治。二人都是性情中人，一見即有投緣之感。徐大椿年過古稀，仍神清氣盛、談論生風，給袁枚留下了深刻的印象。後來袁枚還著〈徐靈胎先生傳〉以紀念他。徐大椿的文才也令袁枚讚賞，《隨園詩話》中記有徐大椿的一句詩「一生那有真閒日，百歲仍多未了緣。」也確是了透世情，意蘊豐厚的佳句。

徐大椿出身於書香門第，自幼聰穎過人，可是卻甘心以布衣而終老，以醫術而活人。終其原因，實是徐大椿自由曠達、灑脫倜儻的個性與當時科舉考試的刻板無味之氣不能相融之故。在徐大椿的時代，科舉考試實際已變成了單純對考生文字技藝的極端苛求。徐大椿考舉人，在卷後題詩曰：「徐郎不是池中物，肯共凡鱗逐隊遊？」從此便再不屑去考場了。

徐大椿行醫，一生往來於吳淞、太湖一帶。閒暇時，廣覽雜學，樣樣精通。他研究過《易》學，喜讀黃老和《陰符》之言。性通敏，喜豪辯。於天文、地理、文辭、音律、擊技都無師自通。同時他還是個民間水利家。雍正二年（一七二四年），清政府在吳江境內開塘河；乾隆二十七年（一七六二年），江浙發水災，江蘇巡撫開港洩太湖瀦水入海。這些工程中，徐大椿都積極進言，提出合理的施工意見，治水者採納後都取得了非常好的效果。

晚年的大椿，性情益發曠達。他喜愛上了道情這種民間說唱文體，於是各體詩文怠作，而專著道情。袁枚《隨園詩話》中說：「靈胎有戒賭、戒酒、勸世道情，語雖俚，恰有意義。」大椿是個大俗大雅的人，他曾說：別看道情俗，精也不易。只有情境音詞，處處動人，方能有醒世意義。徐大椿的《洄溪道情》中共輯錄了他的道情詩三十餘首，皆情文並茂，且不忌時俗，其中多罵世之語。對於八股考試的弊病，徐大椿的〈刺時文〉譏刺得最為辛辣：

讀書人，最不濟，背時文，爛如泥。國家本為求才計，誰知道，變作了欺人技。三句承題，兩句破題，擺尾搖頭，便道是聖門高弟。可知道三通、四史是何等文章？漢祖、唐宗是哪一朝皇帝？案頭放高頭講章，店裡買新科利器：讀得來肩背高低，口角唏噓，甘蔗渣兒嚼了又嚼，有何滋味？孤負光陰，白白昏迷一世。就教他騙得高官，也是百姓朝廷的晦氣。

張維屏評此詩說：「此雖有激而言，然世間但熟幾篇時文，幸獲科第，便自以為能讀書者，不可不內省而自愧也。」除《洄溪道情》外，徐大椿還有詩集《畫眉泉雜詠》、《管見集》。《樂府傳聲》則是一部歷來被戲曲界重視的著作。這位博學多才、醫術精湛的布衣隱士，死後也受到人們的愛戴，據說他的墓至今保留完好，墓前有徐大椿自題的對聯：

滿山芳草仙人藥

一逕清風處士墳

其超然脫俗的品格宛然可見。

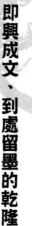

即興成文、到處留墨的乾隆

乾隆皇帝在楹聯方面用力極勤，留下的作品和傳說也最多，流連山水之際，周遊勝蹟之時，無不揮筆題聯；從故宮各殿到熱河山莊再到各地行宮，也都留下了他親書的楹聯。乾隆的聯作和他的詩比起來，著作權的歸屬顯然要更可靠。因為題聯之時往往要求有面對眼前之景即興成文的才思，單純靠別人捉刀，恐怕是來不及的。以往的研究者常被乾隆作品驚人的數量嚇住，以主觀推想而斥其為平平；其實即使從質上考察，其中也不乏上乘之作。而且在楹聯史上，由於帝王（如朱元璋）的大力提倡，上行下效，使楹聯的創作愈發繁榮，這已經成為規律。乾隆皇帝對楹聯這一文體的酷愛確使它大家疊出、佳構泉湧，一舉步入高潮。不論以自身的創作實績論，還是以其產生的影響論，稱之為撰聯的「大手筆」都不為過。

乾隆有許多聯作是他的內心世界種種渴望與夢想的真實流露。他的心靈常處在躁動不安的狀態，但卻強烈渴求淡泊寧靜的精神生活。如其為景福宮題聯：

每聞善事心先喜
或見奇書輒手抄

意境清雅可喜。再如他在其讀書的處所三希堂題聯云：

深心託毫素
懷抱觀古今

上聯引用南朝顏延之的成句，以表明自己對筆紙生涯的熱愛嚮往。下聯表達了作者對開闊放達的精神境界的追求。他還曾在河北三河縣燕郊行宮中的眺遠樓題聯：

目同碧宇朗無盡
心與白雲散似閒

可見乾隆皇帝也常有心境寧靜悠然之時，「碧宇」、「白雲」的情景猶如畫面，不禁令人神往。乾隆皇帝有時親自動手象徵性地做點農活，從中體味宋儒天地萬物一體的樂趣，如其為圓明園北遠山村所題：

魚躍鳶飛參物理
耕田鑿井樂民和

簡直生機盎然。乾隆早期對佛教持平淡的態度，但後期信仰密宗，與奸臣和珅為同修。他曾為嵩山少林寺題聯：

玉岫香雲開法界
珠林花雨靜禪心

聯意超拔而美麗，被推為「第一流佳作」。他有些聯作流露出極深的洋洋自得之情，語言又極質樸生動，實在稱得上親切有趣，如他在七十歲生日時自題的壽聯：

七旬天子古六帝
五代孫曾予一人

此聯是說，從古以來，七旬天子一共只有六位：漢武帝劉徹，壽七十一歲；梁武帝蕭衍，壽八十六歲；唐高祖李淵，壽七十一歲；唐玄宗李隆基，壽七十九歲；清聖祖康熙玄燁，壽七十歲。但五代兒孫同堂之事則屬亙古所未有。

乾隆生性喜愛山水風光，不僅因此而多次南巡，而且在他的皇家園林中也營造了許多別緻有味的景致。他有許多狀寫景物的楹聯寫得頗有性情天趣，如他為故宮御花園的絳雪軒（內室）所題：

花初經雨紅猶淺

樹欲成陰綠漸稠

辭意深美清幽，若許之為得唐人的遺風也並不過分。再如題頤和園玉瀾堂聯：

綠槐樓閣山蟬響
青草池塘彩燕飛

也屬那種在短小的篇幅中融入無限畫意詩情的絕妙好聯。乾隆在涿州行宮的西軒題聯云：

農桑宛如豳風景
遊豫還同夏諺情

此聯用《詩經・豳風・七月》的典故，又以夏代詩諺「我王不遊，我何以休；我王不豫，我何以助」來比擬自己深受子民愛戴的情事。帝王口氣，甚為貼切。在無錫的錫山，有乾隆親筆題寫的五言短聯：

斷續聽啼鳥

飄搖惜落梅

更展現出詩人的敏感心性和柔軟心腸。據說乾隆在南巡時微服私訪，路過浙江嘉興一個山莊酒館，見其生意清淡，就寫下一副店堂聯交給店家：

東不管西不管酒管

興也罷衰也罷喝吧

並為之題下「東興酒家」的匾額，從此這家小店生意大興。此聯今天還有許多酒家張掛，足見其影響之深廣。

據傳說，乾隆皇帝很喜歡考人對聯。江西人劉鳳誥貌醜而才高，殿試得中探花。乾隆召見時發現他不僅長相醜陋，而且還是獨眼人，一時心中不悅，對劉的才學也產生了懷疑。沉吟片刻，出對道：

獨眼不登龍虎榜

劉鳳誥對曰：

半月依舊照乾坤

自尊和倔強的性格溢於言表。乾隆不禁為之一震。但為再試試他的才智，又出對道：

東啟明　西長庚　南箕北斗　朕乃摘星漢

結果劉又從容應對曰：

春牡丹　夏芍藥　秋菊冬梅　臣是探花郎

乾隆皇帝得遇旗鼓相當的聯友，當然十分開心。由此故事，也可窺見帝王的提倡與文體的興替之間的深刻關係。

沈德潛：深受乾隆喜愛的詩友

乾隆大概算是個最有福分的皇帝，他自己也洋洋自得地稱自己是「十全老人」。這十全中一全便是他洋洋十萬首的詩作，當然是創了中國詩人作詩最多的記錄。不過這十萬首裡也確有很多是臣子的代筆，其中最有名的捉刀詩人就是沈德潛。儘管乾隆非常自信自己的風流與詩才，他的詩還是因為產量太高而終於流於平庸。而且和他仁厚的祖父康熙不同，乾隆是個生性自負任性的皇上。只要他願意，他就可以隨心所欲地作詩，就創它個「乾隆體」又有何妨？無論好壞人們也都會視若珍寶。只是這種「乾隆體」給捉刀者出了不小的難題。口吻上要像，格律也要如乾隆親筆那樣的隨意與平滯。一個詩人越有個性越難勝任此重任。可沈德潛卻在乾隆身邊有十年之久，而且相處得非常融洽。沈德潛之後，還有個協辦大學士彭元瑞，詩、聯均是高手，也曾是個令乾隆很滿意的捉刀詩人，紀曉嵐還因此戲稱他「聖手書生」呢。

沈德潛（一六七三—一七六九年），字確士，號歸愚，江蘇長洲（今屬蘇州）人。早年生活非常貧困，十六歲中秀才後，就一直科場不利，一直到六十五歲，才考上個舉人。第二年舉進士，雖中了殿試二甲，但畢竟此時大半生的時間都已蹉跎。若不是沈德潛長壽，就不能在晚年受用乾隆皇帝十年的恩寵。

沈德潛作為一個詩人所受到的厚待真是舉世罕見的。他被召對論歷代詩歌源流升降，擢禮部侍郎，成了乾隆身邊最如意的臺閣體詩人。乾隆常稱他是「江南大詩翁」、「朕之老詩友」，待之如密友一般。沈德潛呈上的詩賦唱和，乾隆都表讚賞。乾隆十一年，皇帝從沈德潛新呈的詩中讀到一首〈夜夢俞淑人〉，是悼亡妻的詩，乾隆於是特准假讓沈德潛回家料理。沈德潛回家後，又向朝廷為父母乞誥命，乾隆竟也欣然應允，賜沈家三代封典，這可真是詩家之大幸，在當時文壇也稱為盛事。侍郎錢陳群就在詩中不無妒忌地說：「帝愛德潛德，我羨歸愚歸。」

乾隆十四年（一七四九年），七十七歲的沈德潛告老還鄉。臨行時乾隆賜詩給他，其中一句是：「高尚特教還故國，清標終惜去朝班。」乾隆十六年，乾隆南巡時沈德潛趕去迎候，乾隆又賜詩；十七年，乾隆為沈德潛詩集作序；二十二年，乾隆再次南巡，加沈德潛禮部尚書銜；二十七年，乾隆又南巡，又賜德潛詩一首；三十年南巡，德潛被賜以太子太傅。乾隆三十四年，沈德潛以九十六歲高齡壽終，乾隆賜他太子太師，加諡號文慤。

乾隆在給《歸愚詩鈔》作的序中，稱沈德潛是「非常之人然後有非常之遇」，這「非常之遇」果然不同一般。而沈德潛敦厚寬容的詩品與人品正是他深被乾隆喜愛的原因。「乾隆體」很蹇澀，能作好的人當然不多。可沈德潛個性本來忠厚老成，精神氣質上倒也有與「乾隆體」的些許相通之處，再加上他深厚的詩學功底，才使得由他捉刀的御製詩既酷肖「乾隆體」，但又不致過於愚拙，乾隆皇帝當然會滿意了。

在沈德潛未出仕的前六十七年中，雖然始終默默無聞，可因為個人遭際的坎坷，種種民生疾苦多於此時見之。而且不必像以後在皇帝身邊時那樣拘謹，可以自由抒懷，所以一些有價值、有功力的詩多集中在這一時期。〈夏日述懷〉五律六首就被公認為是沈德潛的代表作。其五云：

身世空搔首，茫茫總不堪。
多金高甲第，無食賤丁男。

救弊須良策，哀時敢戲談。
傳聞鴻雁羽，肅肅去淮南。

此詩意味雋永，頗有唐詩風韻。據說他還曾有一幅自題門帖為：

漁艇到門春漲滿
書堂歸路晚山晴

從這副楹聯來看，沈德潛大半生的淡泊生涯也並非牢騷滿腹、鬱鬱不樂，倒很有自得其樂的悠閒了。

沈德潛生時的榮耀顯赫全是仰賴乾隆的垂青，可在他死後，乾隆又一怒之下奪回賜他的官銜與諡號，拉倒墓碑，開棺斲屍，落得個身敗名裂的結局。這真可謂榮辱俱系於一人。沈德潛不工心機，以誠實的性格而深得乾隆喜愛，可最終卻又因此得罪了乾隆。在他八十八歲那一年，沈德潛上京呈給乾隆皇帝他新編的《國朝詩別裁》（即《清詩別裁》），還想請乾隆為之作序。但他卻沒有料到他把錢謙益的詩列在全書之首，竟會讓乾隆大發脾氣。錢謙益是「貳臣」，聰明人都知評價他時得多加小心，沈德潛卻獨不知這個道理。乾隆命人撤去集中錢謙益的詩，銷毀了原版，並且斥責沈德潛「老而耄荒」，這可能還是沈德潛第一次親身經歷乾隆的喜怒無常。

乾隆四十三年（一七七八年），沈德潛去世已有九年。江南舉人徐述夔所著《一柱樓詩集》被告發。因集中有「明朝期振翮，一舉去清都」的詩句，寓有復明滅清之意，於是釀成一段文字獄案。徐述夔被銼碎屍體，梟首示眾，子孫也都被處死。沈德潛因為有一篇為徐所作傳記錄於集內，自然脫不了干係。他在傳中稱讚徐品行文章皆可法，乾隆得知後罵他是「昧良負恩」、「卑汙無恥」，正因為此事沈德潛才在死後受到了嚴酷的追懲。

不過據《清朝野史大觀》，沈德潛得罪乾隆的真實原因還不在上面說的兩件事，而是因為他在詩集《歸愚詩鈔》中把以往替乾隆寫的捉刀詩全都收錄了進去，絲毫也不加避諱。乾隆明知這是揭自己的短，卻又不好發作，必然懷恨在心。沈德潛還有一首〈詠黑牡丹〉，其中一句為：「奪朱非正色，雜種也稱王。」乾隆有漢族血統，對滿漢之間的界限本來就敏感，當然懷疑這首詩又是在罵他。所以他最終找了個理由，對沈德潛以戮其屍來洩恨。沈德潛當年歸家前，在為乾隆整理書稿時，乾隆還曾親密地說：「朕與之以詩始，亦以詩終。」後來的事竟真被這句話言中，只不過這終究是個悲劇性的終結。

《雷峰塔》講述的民間故事

《雷峰塔》說的是民間流傳已久的白娘子和許宣的故事。白娘子是蛇精，許宣是佛前持缽童子，二人在凡間墮入情海，顛沛波折而情緣不斷。禪師法海佛力廣大，拆散二人，將白蛇鎮於雷峰塔下。所以世人多怪法海多事，壞人夫妻美滿生活。

據考證，歷史上確有法海其人，而且是一個德高望重的名僧。法海原名裴頭陀，法名法海，是唐朝大臣裴休之子。法海在鎮江金山修煉，剛到時環境很惡劣，廟宇皆毀壞，他只有居於山洞之中。現在到金山，還可見「法海洞」，就是法海的最初居所。法海每日墾荒披荊，決心靠自己的力量修復寺院，吃了很多苦也無退縮之意。一天，法海在江邊竟挖得黃金數鎰，他不動貪財之心，把黃金如數送交官府。當朝皇帝得知，就把黃金賜給法海作修廟的費用，並敕名「金山寺」。法海佛學造詣很深，是一代高僧，後人還稱法海為「開山裴祖」。

白娘子本是妖怪，在故事的流傳中慢慢被賦予了人的性情。這就使白娘子的形象人妖混雜，也使人們對《雷峰塔》傳奇的主旨的把握變得困難起來。

許宣和白娘子的聚散好合反反復復，從而使全劇跌宕生姿。因為一開始已經知道了不久將由法海來點破二人間的迷津，但觀眾偏又料不到法海將在什麼時候出現，所以很能吊住大家的胃口，使觀眾專注地看著許宣和白娘子關係的一次次危機和化解。在法海出現之前，許、白兩人之間共有過四次衝突，正是在衝突中，情節被推動發展，同時這些衝突也為法海的出現暗中做好了鋪墊。

從第七出「訂盟」到第十一出「遠訪」，是許宣和白娘子剛剛「舟遇」互相愛慕之後的第一次感情風波，而且直接威脅到白娘子的真實身份。為幫助許宣請媒婆說親，白娘子將從官府偷來的銀子取出兩錠送給他。許宣姐夫在官府任職，得知此事後，認定白娘子和青青是偷官銀的罪魁禍首。許宣為避禍逃往蘇州投奔姐夫的好友王敬溪，不久又收到姐夫的信告知白娘子和青青是兩個妖怪。可白蛇和青青隨後就追到蘇州，一番巧言詭辯弄得許宣難分真偽，二人終於和好。這第一個矛盾使得觀眾在此劇的一開始就強烈地感到人妖間距離的存在，同時也使人能夠預感到：這種人妖之戀的前程必將還會有不盡的坎坷與痛苦。

第二次是非是由許宣到神仙廟上香引起的。主持魏飛霞看出許宣眉間有黑氣，許宣於是說出緣由並請求魏飛霞降妖。但白娘子在家中已掐指算出了事情的發展，等許宣回到家裡，白娘子就和青青一起審許宣、逐道士，頗是鬧騰了一場。許宣又經過一番由驚恐到為難的波折，最終還是相信了白娘子。白娘子卻因為道士險些壞了她和許宣的恩愛生活而惱恨難平。

眼看端午到來，按習俗，家家當飲雄黃酒。雄黃酒有驅蟲解五毒之功效。蛇既是五毒之一，蛇精變成的白娘子當然也對之唯恐避之不及。怎奈許宣再三勸酒，白娘子推將不過，也是因為她對許宣的愛意深厚，竟冒險飲下雄黃酒。不料這一杯酒釀成大禍，白蛇顯了原形，許宣一見即被嚇死過去。為了救許宣，白娘子冒不測之險，遠赴嵩山求藥，經過一番苦鬥和乞求，終於要得靈草，救活了許宣。「其對許宣之忠貞，可謂生死以之。」（《中國十大古典悲劇集》評）許宣還魂後已不記得曾發生的那一幕，這對於白蛇無疑是一件值得慶幸的事。這是許、白二人的第三次矛盾，著實驚動不小。

第四次波折禍起於白娘子。原來白娘子手下小妖偷得吳縣蕭太師府中一幅「八寶明珠巾」，許宣不知來由戴著它去虎邱賞桂花，被巡捕抓獲。幸虧總捕李老爺曾經手官府庫銀被盜一案，知道白蛇的來歷，就把許宣送到鎮江去了。許宣雖沒受牢獄之苦，然而親歷與妖怪同居數月，又險遭飛禍的奇事，一朝大夢方覺，心靈承受的震動當然是很大的。所以他才唱道：「這蕭牆禍奇，一朝三褫，不逢明鏡妖難避。」白娘子癡心不改，又引出了第二十一出「再訪」。她一見許宣，脫口而出就是：「官人，你吃了苦了！」可見她對許宣的深情。許宣卻懼道：「這冤孽為甚的時時緊從？」最後是白娘子不惜以投江相逼，才使破裂的姻緣又得以聚合。

回顧一年來，許宣和白娘子真是一波未平一波又起，兩人都受了不少折磨。許宣為避妖妻，終日輾轉遷移，心境在恐慌與信任間來回動盪；白娘子則是愛得極苦的，她必須時時注意掩藏自己的真實身份，一旦露了餡就得百般周旋，甚至要冒生命危險來挽回一時的疏忽。在第十三出「夜話」裡，白娘子的一段唱詞可看做是她的內心獨白：

〈下山虎〉暗思擲果，好事多磨，行藏每怕人瞧破。縱欣女蘿，得附喬松，尚愁折挫。慢道恩情忒煞多，猛然念故我，似孤子閒澗過。一自因緣合，葉辭故柯，未識將來事則那。

其時正是新婚不久，只因許宣不在身邊，白娘子才得以在月下向青青講述內心隱憂。本是前途未卜，可退一步又不甘心，遙想當年山中修道時了無掛礙的自由時光，白娘子不由得黯然神傷。青青問她為何峨眉山中修煉得好好的，卻「忽動紅塵之念」？她竟也被問住了，只是說：「欲罷不能，教我也沒奈何了。」被情欲所困，想掙脫又不能，這正是白娘子心中最苦的感受。

待到法海出現，便是到了許宣和白娘子的緣盡之時。許宣皈依佛法，願把舊情拋卻；白娘子卻執著更深，拼死與法海一戰，逃跑後斷橋遇許宣愛恨交加，更是歷盡折磨。等她生下孩子後，法海又來，終於把她鎮在雷峰塔下。許宣本已飽經情慾的糾纏，白娘子的被收服更使他看到了世間種種的虛幻易逝，悟道：「恩怨相尋，一場幻夢，我於今省悟了也。」白蛇在塔下情感經歷由恨到悔的轉變，苦頭就吃得更大了。二十多年過後，法海又奉佛旨來到雷峰塔下，放出白蛇，許宣升往忉利天宮，從而使全劇有了個皆大歡喜的結局。

最後一齣戲〈佛圓〉一拋前面的人間恩怨之情，滿目皆是清靜祥和歡喜之境。

（外）少年一段風流事，只有佳人獨自知。你兩人的情事，都放下不用說了。

（生、旦微笑介）禪師，放下個甚麼？

〈勝如花〉（外）真堪哂，實可憐，沒事尋絲做繭。……

（合）猛回頭笑煞從前，猛回頭笑煞從前。

可見這時許宣、白蛇、青蛇再相聚，均已非昔日之「我」，全如洗心革面一般了。這一齣與此劇開頭處佛在天上付缽給法海的情節前後照應，具有光明美好的氣勢。而它又是和全劇主體許、白情事有機相合、不可分割的。如惑於世情、執迷不悟就必然為物所累；跳脫情絲糾纏、悟得空幻之理，方得真性解脫，這一生命真諦的參悟正是《雷峰塔》字句後面隱藏的靈機妙旨。若依今人局限於人間世的狹小視野立論，將此劇首尾置之不問，則終難自圓其說。其實全劇的尾聲一段就把《雷峰塔》的主題說得再明白不過了：

嘆世人盡被情牽挽，釀多少紛紛恩怨，何不向西湖試看那塔勢凌空夕照邊。

然而故事在民間流傳的時間長了，慢慢地也就發生了變化。人們不滿足於它只是個高僧捉妖精的故事，他們想藉蛇妖的放肆和妄為來抒發對人間率真執著的愛情的歌頌，當然這也和那個時代三綱五常過於桎梏人性有關。於是白蛇精越來越有人情味了，它聰明能幹，也不無緣無故害人，對許宣也是百般愛護、堅貞不移，成了世俗所謂「賢妻良母」式的人物。乾隆年間著名伶人陳嘉言父女二人改編的《雷峰塔》傳奇中，白娘子的形象已基本定型了。民間很歡迎這樣的「白蛇傳」，以至這一題材「盛行吳越，直達燕趙」。

今天所見的《雷峰塔》傳奇定稿是在乾隆三十六年（一七七一年）由方成培完成的。方成培，字仰松，號岫雲。他在《雷峰塔》的自敘中說明了自己再寫此劇的目的：他認為陳嘉言父女的「梨園抄本」「辭鄙調訛」，難登大雅之堂，於是「遺詞命意，頗極經營，務使有裨世道，以歸於雅正。」經過方的修改，《雷峰塔》確實在結構形式上益發完備、莊正，因而流傳得更廣了。人們尤其喜歡其中「盜草」、「水鬥」、「斷橋」等幾齣重頭戲，這些段落在許多地方劇種中至今還上演不衰。

通過「雷峰塔」故事的一系列複雜的演變過程，可知最終定稿的方本《雷峰塔》其實已經具備了雙重的價值觀。一個是通過如來佛命法海指點迷津，使許宣與白娘子終於得歸仙境聖土，來勸誡世人萬事皆有因緣，不必過分癡迷；另一個是由白娘子對許宣的一往情深，表達了一種人間至情。白娘子是人間「情」癡的代表，法海則是超離紅塵悟「空」見性的象徵。所以法海在《雷峰塔》中絕不該被誤會成是什麼醜惡勢力的化身。

在此劇的一開始，首先介紹的不是白娘子或許宣，而是莊嚴美妙的佛淨土和法力無邊的釋迦牟尼佛。法海奉佛旨來拜，釋迦佛為其點透許宣與白蛇的因緣，命其在兩人緣盡時收服白蛇，指引許宣脫離苦海。此處絕非贅筆，而恰是全劇精神的關鍵所在。它使人們知道，原來在白蛇與許宣的人間故事開始之前，確實已有超脫凡塵的覺者洞悉了一切前後因果。

〈水鬥〉一出法海和白娘子直接交鋒，可視做是全劇的最高潮。白蛇不顧一切、軟硬俱施，定要討回許宣。法海卻並不氣惱，也不主動出手，頗有佛門弟子的虛靜廣闊胸懷，不僅如此，他甚至還勸白蛇道：

〈南滴滴金〉勸伊行不必心焦躁，似春蠶空吐情絲白纏擾。夫妻恩愛雖非小，你丈夫呵，悟邪魔在山中藏躲著。你便是鍾情年少，何須恁般勤來細討。掘樹尋根，枉想在這遭。

由此可見，方成培雖真情看待白娘子，但也絕無貶低法海之意。到此劇結局處許宣與白蛇各自歸天而去就更是法海之功了。

吳敬梓寫《儒林外史》反君權

吳敬梓（一七〇一—一七五四年）乃舊時代一特別人物，雍正七年（一七二九年）夏天，他去滁州應科考，考試前後與友人閒聚小酌，出言略有「出格」之處，險些被黜落，理由即為「文章大好而人大怪」。「文章大好而人大怪」是對吳敬梓其人頗精到的概括，然這所謂「人大怪」也絕非一日而就。

吳敬梓的《儒林外史》旨在抨擊封建社會對人性的摧殘，對「八股取士」進行了根本的否定，可他畢竟身處科舉制度盛行的時代，況且世代望族、自其曾祖起科第不絕，又自幼接受封建正統教育，故一度執意赴試。

雍正元年，其父病中命敬梓前去應試，敬梓匆匆趕往滁州，由於父親病危，未待完卷即趕回南京。待他考取秀才的消息傳來，其父卻與世長辭，那一年吳敬梓二十二歲。考取秀才是他一生中最高的功名，然父親去世，及不久後嗣父的病逝對他打擊很大。親眼目睹族人瓜分、侵奪財產的爭鬥，又使他感到人情的涼薄，一併看清了封建家族倫常道德的虛偽。於是肆意揮霍財產，涉足花柳風月之地，又一向樂善好施，很快「千金散盡」，隨即變賣祖傳的田地、房產。其間又屢次參加鄉試而不能中舉，如此更受鄉人歧視，以至有「鄉里傳為子弟戒」之說。

開篇提到雍正七年吳敬梓應試由於「大怪」而險些被黜落，只是當時學使寬容，破格入取，但終又在當年鄉試中在劫難逃，再度鎩羽而歸。這次落第結束了他的「趕考生涯」，開始了人生的一次重要轉折。而且科舉的失敗也引發了他「秦淮十里，欲買數椽常寄此」的念頭。雍正十一年，吳敬梓攜家眷背井離鄉，定居南京，把宅邸落在秦淮水亭，附近六朝遺跡斑斕點綴。敬梓素來熟稔六朝文史，推崇魏晉名士，此際更是如魚得水。由此日漸進入南京文人圈子，廣交文酒之士，吟酒作詩，憑弔古人，豪放灑脫。

在《儒林外史》第三十四回中借高先生之口對杜少卿的評說，吳敬梓生動地描繪了自己獨到的面貌：

他這兒子就更胡說，混穿混吃，和尚道士、工匠花子，都拉著相與，卻不肯相與一個正經人。不到十年內，把六七萬銀子弄得精光。天長縣站不住，搬在南京城裡，日日攜著乃眷上酒館吃酒……

在吳敬梓此時眼中，這番世道即所謂「正經人」的自然人心已被功名富貴和虛偽道德所吞噬，倒是「和尚道士、工匠花子」生活得具有盈盈太初本色。

雖說吳敬梓在南京生活得超逸無羈，可是絕不闊綽，直至修葺先賢祠，他不惜「售所居屋以成之」（〈儒林外史跋〉），此後愈發窘迫，以賣文和朋友接濟勉強度日。好友程晉芳在〈文木先生傳〉中有這樣的記敘：「冬日苦寒，無禦寒之具，敬梓乃邀同好乘月出城南門，繞城堞行十里，……逮明，入水西門，各大笑散去，夜夜如是，謂之『暖足』。」

作為時代「怪人」，吳敬梓的辭世也可謂不拘一格。乾隆十九年（一七五四年）十月一天在揚州，吳敬梓莫名地傾囊買來酒茶，與朋友宴歡，席間醉意闌珊，反復吟誦張祐的詩句：「十里長街市井連，月明橋上看神仙。人生只合揚州死，禪智山光好墓田。」在座人都有幾分詫異。幾天以後敬梓猝然病逝。檢點其遺物，除了典當衣服的錢還剩少許，已經一無所有。程晉芳事後所作〈哭吳敬梓〉中寫道：「塗殯匆匆誰料理，可憐猶剩典衣錢。」

吳敬梓一生著述頗豐，而真正的傳世之作卻是為當時正統文人所鄙薄的《儒林外史》。南遷後，進入不惑之年的吳敬梓以科舉制度的失敗者與批判者的雙重身份開始了《儒林外史》的創作。經過十四五年的寫作、修改、補充，約在乾隆十三年（一七四八年）到十五年成稿。這部《外史》當時並不為人所理解重視，連好友程晉芳也未能成為知音，他有詩云：「外史紀儒林，刻畫何工妍。吾為斯人悲，竟以稗說傳。」《儒林外史》開宗明義第一回，吳敬梓為我們重塑了元朝末年的詩人和畫家王冕，具有歷史的預言意味，王冕其人即成為籠罩全書的理想人物。王冕有才能學問，「天文地理、經史上的學問無一不貫通」，又有主張「以仁義服人」，是為真儒；而他偏又不肯出來做官，為躲避朝廷徵召，連夜逃往會稽山，直至悄然辭世。而且，吳敬梓又有意隱卻史實中王冕屢試科舉不中的經歷，使其超越於科舉制度之外，特寫其少年時「牧童畫荷」的圖景，更使他有如一枝淩波高舉的荷花，清新高逸，具有魏晉名士之風範。

寄託著吳敬梓的人文理想的真儒名賢即由此開篇，揮灑開去，演義了一批理想人物，他們名教精神與六朝風流兼而有之、融會互濟，使其倜儻風流之超凡境界綿延至千古。

然而，《儒林外史》卻以其反君權的不群視角與深刻的文化內涵流傳於世。吳敬梓對中國科舉制度的百年反思直至今日仍別有一番意蘊。

講到《儒林外史》的文化思考，其鋒芒自是指向科舉制度。而事實上這種批判意識在明末清初的一些小說中已初顯端倪。蒲松齡的《聊齋志異》中專寫儒生的篇章中，對科舉制度流露不滿；清前期《女開科傳》、《終須夢》等凡筆涉儒生，也都貶抑科舉；至於話本小說中反映儒林生活者頗多，其間關於科場的黑暗、八股取士的弊端也都有所反映。然這種批判意識往往只是星散其間，直至《儒林外史》方具洋洋大觀。而且吳敬梓又不拘泥於一味地揭露，而是在警醒的反思中，探尋儒林中人的人生佳境，通過筆下理想人物寄託憧憬。《儒林外史》反君權也區別於以往的造反，而是以對世俗富貴功名的不以為然給君權統治以絕妙的一擊。

何以謂之「外史」，「儒而不儒」遂為「外史」，題目即已點破儒生發生了質變。科舉制度使數代文人不顧「文行出處」，癥結之一即儒林中的精神荒蕪。

講到無知無識之士，行文中可謂俯首即是。家喻戶曉的中了舉的範進，做了山東學道，卻不知蘇軾何許人也，以至鬧出「不見蘇軾來考，想是臨場規避」的笑話。匡超人，在秀才歲考中取了一等第一，肆意吹噓北方五省讀書人都禮拜「先儒匡子之神位」，當場被人嘲笑，告之「先儒乃已經去世之儒者」。作者在此設下絕妙一筆，除笑其無知，也嘆其雖生猶死，說是「先儒」倒有幾分精闢。再有進士出身的湯知縣與舉人出身的張靜齋，二人煞有介事地爭執本朝開國元勛劉基在洪武三年開科取士時是第三還是第五，並張冠李戴地把宋代趙普的故事安在劉基身上，說劉基由於受了賄賂而貶為青田縣知縣賜死。劉基其實分明是元朝至元年間的進士，他們卻說是明朝洪武三年的進士，況且劉基不僅是輔佐朱元璋平定天下，被朱元璋稱為「吾子房也」的勛臣，而且是明代科舉制度的制定者。偏這些科舉制度的熱衷者卻連其「祖師爺」也不甚了了，倒以莫須有的奇談怪論貶損其人格，而同席的進士、舉人卻又都信以為真，這其間的反諷意味令人嘆為觀止。

與精神荒蕪不無聯繫而又足可另闢一說的即是這般偽儒之行為的無聊。在此亦可重提范進，范進僥倖中舉後，其母因「受寵若驚」而一命嗚呼。范進卻得以巧借安葬老母的題目，跑到湯知縣那兒打秋風。在湯知縣設的酒宴上，作者有這樣一段精彩描寫：

范進退前縮後的不舉杯箸，知縣不解其故。靜齋笑道：「世先生因遵制，想是不用這個杯箸。」知縣忙叫換去，換了一個磁杯，一雙象箸來，范進又不肯舉。靜齋道：「這個箸也不用。」隨即換了一雙白顏色竹子的來，方才罷了。知縣疑惑他居喪如此盡禮，倘或不用葷酒，卻是不曾備辦。落後看見他在燕窩碗裡揀了一個大蝦元子送在嘴裡，方才放心……

範進佯裝恪守孝禮，可惜這份假戲卻終在大蝦元子的誘惑下難於真做。

如果說范進不過是一份「假惺惺」，卻也與人無礙，《外史》中道德敗壞、招搖過市者也不乏其人。匡超人在此又是典型一例。匡二本也算個忠厚拙樸的後生，聽了馬二先生勸導，熱衷舉業，「有幸」受知縣李本瑛賞識，成了秀才，繼而從那些狗屁不通的「名士」那兒修得吹牛唬人的能勢，於衙門吏役那又學會投機冒險、損人利己的伎倆。待其恩師李本瑛升做京官，遂把他提拔入京，他隱瞞了自己有妻室的事實，把結髮妻子逼回鄉下，以至其不久吐血夭亡，他自己卻堂而皇之地做了李本瑛的外甥女婿。

《儒林外史》中刻畫了一批這樣的「斗方名士」，所謂「名士」，無過是些投機取巧，招搖撞騙的食客。他們形形色色，各具醜態，胡謅幾句詩文，混作雅人，騙些銀兩。正如牛浦郎所言：

> 這相國、督學、太史、通政以及太守、司馬、明府，都是而今的現任老爺的稱呼，可見只要會做兩句詩並不要進學、中舉，就可以同這些老爺們往來，何等榮耀。

就恰是這牛浦郎把假名士的無恥行徑揭露得出神入化。他出場時即以「我們經紀人家，那裡還想什麼應考上進！只是唸兩句詩破破俗罷了」這一席話討得本也不俗的老和尚的歡心。而後即竊走老和尚詩稿，刻上自己的名字。在郭鐵手、知縣董瑛對其身份將信將疑時，他卻不亂方寸，泰然自若地把個名士身份扮演得維妙維肖。而在寫牛浦郎的章回裡，意蘊無窮的又當數牛浦郎與鹽商萬雪齋的清客牛玉圃邂逅之後的一系列事件。「二牛」在安東路偶遇，老牛（即牛玉圃）亦吹牛行騙的假名士，當時還苦於無好幫手，小牛（即牛浦郎）又恰身陷困境，見其「如此體面」，便認老牛為叔祖，「二牛」一拍即合。但很快小牛從多般蛛絲馬跡看破老牛的虛張聲勢，卻並不戳穿，反暗自隨其學得更多的行騙手段。直至無意間確鑿得知老牛的東家萬雪齋自小是萬有旗程家的書童，又知程家與萬雪齋家有宿怨，心下暗自作了文章。回去學著老牛說謊，迎合老牛口味騙得他高興，實則暗自設下陷阱。老牛果然上當，害得被萬雪齋家辭退。

「二牛」兩個假名士相映成趣，把個「請君入甕法」由小牛操作，愈發使人掩卷後仍忍俊不禁，而後又悉知作者諷刺之辛辣。

假名士中又另有聚集在婁相府公子婁三、婁四周圍的湖州鶯脰湖名士，杭州西湖名士景蘭江、趙雪齋、浦墨卿之流。他們或是招搖豪橫，或是自賞風雅，但卻難免最終「一個個出乖露醜」。

「偽儒群醜圖」中，有一人物馬二先生或該細說。很多人將其列入「醜儒」，認為他沉迷於八股，自害而又害人。此說法自然不能說全無道理。比如「馬二遊西湖——全無會心」這幾乎成了流行的歇後語，以此證明他迂執酸腐；又因他蠱惑年輕天真的匡超人走八股道路，冠之以「害人」。然這些罪狀卻又有待考究，且不說馬純上的原型是馬粹上，此人「詩文有奇才，膽略過人」（《滁州志》），那所謂教唆後生的罪名也有失偏頗，其實馬二無非是把社會事實、把自己半生辛酸為代價得來的經驗客觀地陳述給匡二，絕非有意害人，倒是有幾分萍水相逢、真心相助的仗義。而且對初識的蘧公孫，他也傾囊為其銷贓彌禍，即便是騙過他的洪神仙，他也仍為其捐資送殯，這都頗有幾分「俠魄」的味道。

至於馬二遊西湖，對於眼下「天下第一真山真水的景致」，他卻全無對美的感受能力，只茫然一路大嚼去，為著「頗可以添文思」，這或可謂之「偽儒醜態」中一道「風景」，而這一「醜態」恰映出了一代文人的悲哀。馬二先生本性中幾乎沒有「醜」或「惡」的成分，卻是「俠魄」成為其性情中重要因素。而當他把這一「俠魄」投入八股舉業，卻使其生命的價值取向及對美的感受都一併八股化了。當他的語言限定於《中庸》這等「聖賢書」中，思想即已僵死，面對西湖也沒了生動的情趣。

不惜筆墨為馬二辯護，因為以馬二作窺視點可以見吳敬梓繪製「群醜圖」之真意所在。

毋庸贅言，《儒林外史》旨在抨擊科舉制度，而非揭露人性中的醜惡。作者在刻畫這些偽儒名士時，其實也是以其公允的態度，「憎而知其善」，把握尺度，以不同的程度、方式進行諷刺，人物並非可一併歸入「反面角色」，只是從不同的角度、不同的層面上反映了讀書人在當時普遍存在的精神上的空寂無聊，反筆入手，寫出在科舉制度與官本位的社會裡社會文化的萎靡，哀嘆一代文人的世紀悲涼。

屢試不中的學士劉大櫆

在桐城「三祖」之中，劉大櫆上承方苞，下啟姚鼐，是一個對桐城派以及整個清代古文產生重大影響的人物。

劉大櫆（一六九七—一七八〇年），字才甫，一字耕南，號海峰，安徽桐城人。他出身於一個以教書為業的家庭，從小就喜歡讀書，會寫文章。雍正四年（一七二六年），二十九歲的劉大櫆出遊京師。他本是去考功名，沒想到還沒等參加考試就以文章出眾而轟動了京城。侍郎李紱看了他的文章不禁驚歎：「五百年無此作者，歐蘇以來一人而已！」竟然把劉大櫆和散文大家歐陽修、蘇軾並列，推為五百年來散文之冠。

劉大櫆的同鄉方苞以古文而負盛名，當時也在京城，劉大櫆於是拿著自己的文章去請方苞鑑評。方苞才大眼高，一般人送的文章他極少褒揚，可是看了劉大櫆送上的文稿，他卻激動不已地誇道：「如苞何足算哉，邑子劉生乃國士耳！」這一下，劉大櫆的文名就更響了，他在文壇的領袖地位從此也逐漸確立起來。他的學生姚鼐，是桐城派的一個中堅人物，在〈劉海峰先生八十壽序〉中記述：「曩者鼐在京師，歙程吏部、歷城周編修語曰：『……昔有方侍郎，今有劉先生，天下文章，其出於桐城乎？』」而桐城派的名稱也就由此產生了。

可惜劉大櫆的科考卻極不順利。雍正七年、十年，他連續兩次參加順天鄉試，卻只中了個副榜貢生，並沒有中舉人。乾隆元年（一七三六年），朝廷舉行博學鴻詞科考試，專為網羅未中科舉的才學之士。在方苞的推薦下，劉大櫆去參加了這次考試。考官鄂爾泰本來選上了他，後來又被大學士張廷玉黜落。有人說這是張廷玉妒忌其才，故意為之，但據正史記載，當張廷玉得知是劉大櫆後也深為惋惜，只是已經遲了。乾隆十五年，清廷又舉行經學特科，張廷玉推薦劉大櫆去考試，結果又落選。這時劉大櫆已五十四歲了。

這期間，劉大櫆一直以做門客為生。他雖以文章聞名於京師，卻終究沒有取得與名聲相稱的地位，失意與傷心當然是難免的。此間他寫了許多詩，以排遣胸中抑鬱不平之氣。〈羈客嘆〉中寫道：「客子無人惜，衣衫常垢汙。瓠瓜無人食，終日系門閭。」詩中的系於門閭的瓠瓜正是比喻自己懷才不遇的處境。越是這樣，劉大櫆便越是看重自己的名節。他的弟弟在權臣納蘭明珠家做教書先生，劉大櫆因反感明珠的傲氣，所以甘願避居在朱瀹瀚都統家中。雖房間破壁頽垣，他卻知足而樂。

既然登堂不能，又不肯長期過寄人籬下的生活，劉大櫆對於京師便也再無什麼留戀。回到家鄉後，他閉門不出，「率其顓愚之性，牢鍵一室，不治它事，惟文史是耽。」不再為功名利祿所累，劉大櫆的學問倒做得更紮實，更深厚，文章也寫得更見個性風采了。六十歲之後，劉大櫆被薦充安徽黟縣教諭，三年後，辭歸。之後，他在歙縣主講問政學院，一時弟子如雲。晚年，他繼續在家鄉樅陽江上講學授徒。從學者以詩文名世者很多，可見劉大櫆的講學之舉對於「桐城派」隊伍的壯大起到了相當的作用。

姚鼐就是劉大櫆晚年最得意的門生之一。姚鼐的伯父姚范，也是當時的文章大家。劉大櫆與姚范的關係很好，所以姚鼐少時即師從劉大櫆學文法，他對老師極為崇敬，不僅常去探望請益，還多有推崇溢美之辭。不過後人看來，姚鼐的文章比起乃師來則更顯厚重，因此多有青藍冰水之喻。

方苞、劉大櫆、姚鼐之間可謂代有承繼，但實際上他們的文風和創作主張都存在著較大的差異。就方、劉二人而言，「苞擇取義理於經，所得於文者義法；大櫆並古人神氣音節得之，兼集《莊》、〈騷〉、《左》、《史》、韓、柳、歐、蘇之長，其氣肆，其才雄。」

（《清史列傳・劉大櫆》）方苞論文確以經學義理為宗，行文平正，紋理清暢，偏重說理。劉大櫆則一面繼承了方苞的「義法說」，一面又力圖突破道學重圍，去探索屬於寫作活動自身的審美規律。

名學者與古文大家全祖望

全祖望（一七〇五—一七五五年），字紹衣，號謝山，又號雙韭岷，浙江鄞縣人，是清代著名的史學家、文學家。少賦異秉，四歲即能粗解《四書》、《五經》，酷愛讀書，有過目不忘之才。十四歲中秀才後，從鄉里的名士董次歐先生學習。少年全祖望這時就已顯出大家的風度，他並不一味從師說，相反常有與老師意見不同之處，他往往為一個問題與老師爭論很久，有時連董次歐也不得不歎服。十六歲到杭州應鄉試時，全祖望的古文功底扎實，簡潔精闢。查慎行作為考官，讀了之後竟誇他是北宋著名史學家劉敞一類的人物。

二十幾歲的全祖望名聲已傳遍浙東。雍正八年（一七三〇年），他因被充選貢得以入京。古文大家方苞正於京中任侍郎，全祖望上書向方苞請教論禮。方苞本來為人方嚴，學問又大，一般人的文章他大都視為平常之作。但全祖望的這篇〈論喪禮或問〉文辭通暢，論證謹嚴，學識也甚是淵博，方苞讀後也禁不住連連驚歎了。有了這位古文學派泰斗的首肯和推揚，全祖望的聲名頓時轟動了京城。

二十八歲，全祖望參加順天鄉試，考中舉人。侍郎李紱讀了他的試卷，極為欽服，歎道：「此深寧、東發後一人也。」深寧即王應麟，東發即黃震，均是南宋著名學者。李紱由於對全祖望的敬佩而和他結成了忘年交。他把全祖望接到自己家中，兩人每日談經論史，友誼也日漸增進。但當時的權臣張廷玉素來與李紱不和，這也終於牽累到了全祖望，他的仕宦之途因此被阻遏了。在乾隆元年（一七三六年），全祖望考中了進士，選為翰林院庶吉士。稍後，朝廷舉博學鴻詞科，全祖望本已被推舉參加考試，結果卻未被准許。張廷玉曾數次邀請全祖望一見，都被全祖望推卻。張廷玉當然懷恨在心，第二年翰林院散館，全祖望並沒有被安排到適合的職位上去，而是被定為末等，以知縣候用。全祖望對此非常氣憤，他主動辭官回到家鄉，從此再不出來做官。後來李紱等很多人都曾力勸全祖望出山，並為其創造條件，全祖望都正言辭絕。人都說全祖望「負氣忤俗」，由此可見。

其實全祖望似乎命中注定就該是個成就學問的人。他率性耿直，厭棄權術，每天只願讀史談經，宦海中的風雲變幻對他來說是不適合的。他入京時，盧溝橋上的稅官對他隨身帶的四個大箱子感到奇怪。打開一看，裡面裝得滿滿的都是經史子集，弄得這個稅官很是不解：「我長到這麼老，還從未見過這樣的書呆子呢。」全祖望寄住在他的一個做醫生的叔叔家，書可充棟。人來拜訪他，甚至找不到個容膝之處。他在家鄉時，曾多次去著名的寧波范氏藏書樓「天一閣」去讀書、抄書，增長了很多的學識。做庶吉士時，他與李紱相約每天每人讀二十卷《永樂大典》，並僱人對所讀內容分五類抄寫：一經、二史、三志乘、四氏族、五藝文。無論在家為民還是出門做官，全祖望總是把他的學問放在首位。對書的喜愛達到如此癡狂的程度，怎麼能不成為一個「其學淵博無涯涘，於書靡不貫穿」的大學者呢？

南歸後，全祖望開始全力地著書立說，儘管身體多病，仍筆耕不輟。全祖望成就最大的還是史學。明末清初黃宗羲著有《明儒學案》，晚年又編《宋元學案》。只因壽數有限，只完成了十七卷便告別人世而去。全祖望立志修補《宋元學案》，從乾隆十一年（一七四六年）到他去世前，歷時十年，終於完成了一部一百卷本的《宋元學案》，這部書史料豐富準確，態度客觀慎重，在史學研究上具有極高價值。同鄉李鄴嗣輯《甬上耆舊詩》，全祖望繼承此體裁，編《續甬上耆舊詩》，並附有作詩者的小傳，是研究寧波地方史的重要文獻。全祖望晚年授徒，曾在紹興蕺山書院、肇慶端溪書院講學，弟子眾多，他的著名的《經史問答》就是他回答弟子經史問題的輯錄。除此之外，他的著作還有作品集《結埼亭集》九十八卷等共約三十餘部書，可惜有部分已經佚失。

清兵南下時，全祖望的祖輩們曾避居深山以反對清朝的統治。全祖望受家庭的影響，對那些有氣節的人非常敬重，對那些關鍵時刻丟失操守的人非常鄙視。十四歲時，他就曾把鄉賢祠中供著的獻城投降的變節者的牌位丟入池中。所以在全祖望治史時，明清換代時期江浙一帶的巨大變故和人們在武力面前呈現出的或屈服或堅強的態度，就成了他始終關注的重點問題。他竭盡全力去搜求那時的遺文軼事，他的弟子蔣學鏞曾記：「先生唸自明迄今又百餘年，不亟為蒐訪。必盡泯沒，乃遍求之里中故家及諸人後嗣。」如果有的人不願出示那些材料，全祖望就長跪以請。有很多散失的零星材料，全祖望也要從「織筐塵壁之間」蒐得。經他這樣忘我的努力，晚明清初的歷史終於漸漸清晰，並被全祖望整理和保留了下來。

為了弘揚忠義之正氣，全祖望用作為史家所特有的翔實和冷靜的筆法，為那些有民族氣節的人立傳或撰寫碑銘。他們或是明末、南宋的民族英雄，或是清、元之初的遺民。《鮚埼亭集》中，竟有一半都是這樣的篇章，也正是這些文章，體現出了全祖望除了是一個名學者外，在文學上還是一個古文大家。如〈陽曲傅先生事略〉、〈厲樊榭墓志銘〉、〈梅花嶺記〉，都是歷史價值與文學價值俱佳的名篇。

乾隆二十年（一七五五年），貧病交加的全祖望病逝，終年五十一歲。家人為給他下葬，忍痛變賣了他的萬餘卷藏書。就其個人來說，全祖望的一生失意居多，然而他卻為中國文化作出了巨大的貢獻。在清代學術史上，他上承黃宗羲、萬斯同，下啟章學誠、邵晉涵，是一個非常重要的中堅人物。直到今天，我們還可在他眾多的著述中看到他生命的光輝，從而使他短暫的生命有了儒家所說的「立言」之不朽的價值。

似夢非夢的《紅樓夢》

英國人腓利普曾在康雍之際來中國南京經商，此間的種種經歷都記錄在他的孫子溫斯頓所著《龍之帝國》裡面。據書中記載，他在南京期間有緣結識了年輕的江寧織造曹頫。曹頫盛情邀請腓利普為其屬下的紡織工場傳授先進的編織工藝，兩人間的感情至為深厚，曹頫常為腓利普「即興賦詩」，腓利普也為他說些《聖經》中的道理。只是織造府上不免規矩森嚴，「聽眾之中卻無婦孺」。一次腓利普正在繪聲繪色地為曹頫講述莎士比亞戲劇故事，一個怯生生的清秀男孩聞聲跑來，躲在門後偷聽。誰知聽到精彩處，激動的男孩不小心弄出了動靜，驚動了嚴厲的曹頫，竟致當場遭到一頓沒頭沒腦的「笞責」。這一極具專制色彩的場景當然給來自歐洲的腓利普留下了難以磨滅的印象。《龍之帝國》中這個可憐而又好奇的男孩就是曹雪芹，後來以八十回《紅樓夢》而令芸芸眾生長久為之「飲恨吞聲」的那個人。

曹雪芹（一七一五—一七六四年），名霑，字芹圃，後取號雪芹，別號夢阮，祖籍河北豐潤，明永樂年間遷居遼寧遼陽。祖上曹錫遠曾任明朝沈陽中衛的地方官，努爾哈赤攻陷瀋陽，曹錫遠被俘，成為「包衣」（奴僕），編入滿洲正白旗。

人世間總有些奇情是凡夫俗子們無法全部領略的，但卻被因緣不凡的人傾盡畢生的心頭血、眼中淚去演繹。《紅樓夢》所寫的是一個癡人的夢境，它是癡人寫就的夢，也是寫給癡人的夢。記夢的人，夢中所記的人，以及後世中迷於此夢並企圖破解夢境的人，他們的品質中有著一個相通的契合點，就是情性的空靈。

一個封建大家族的盛衰，真是一部蒼涼的傳奇。從「白玉為堂金作馬」到「蛛絲兒結滿雕梁」，從鐘鳴鼎食到「寒冬噎酸齏，雪夜圍破氈」，從「溫柔富貴鄉、花錦繁華地」到「白茫茫大地真乾淨」，從「家富人寧」、「生齒日繁、事務日盛」到「家亡人散各奔騰」……清貴的富麗氣象中隱伏著衰敗的禍根與危機，翠袖紅衫的掩映中潛藏著青春和美的幻滅。社會的變遷被真實地濃縮在小小的大觀園中，《紅樓夢》實際上是一部具有濃重寫實風格的作品。但在大觀園的竹林流水間，在紅樓女兒的眼角眉梢間，卻氤氳流動著空靈奇幻的雲氣。就在最現實的，殺機四伏的生存環境中，一群癡兒女以水晶般美妙透明的純情經營著一點不食人間煙火的情腸，守望著絕美而無助的青春歲月。一組浸透著宿命氣息的夢境交織在這部寫實主義巨著中，構築成現實與超現實的多重空間。

曹雪芹筆下的夢之種種並不是凡俗意義上的迷夢，而恰恰是指點迷津的玄機，最隱伏著宿命與輪迴因緣的天機。然而，這些幾乎洩露了天機的夢卻並未點醒千古夢中的人，唯在紅塵大夢幻滅後，此生因緣才有了它注定的結果。夢是一個契機，種種靈透奇幻的夢境構成了一個瑰麗神祕的超驗世界，在《紅樓夢》中散發著永恆淒美幽豔的魅力。

姑蘇鄉宦甄士隱的朦朧一夢引出了那塊來到凡間歷幻的通靈寶玉以及發端於西方靈河岸上三生石畔的神瑛、絳珠情緣，亦即遠非偷香竊玉、暗約私奔的風月故事可比的木石前盟。離恨天上經由灌愁海水滋潤的還淚盟約，為寶黛纏綿悱惻的相愛奠定了悲情的基調。甄士隱於偶然間得見那塊非凡的鮮明美玉，並窺知不可輕洩於凡人的仙機之一二，因果輪迴的天機不是凡人之軀所能承載的。天災人禍接踵而來，本來樂天知命的甄老先生轉瞬間一無所有，淪為赤貧，飽嚐了世間的炎涼冷暖。跛足道人的一曲〈好了歌〉點醒了幼秉宿慧的甄士隱，徹悟之下，撇卻輕軟紅塵，逕自飄飄而去。

甄士隱的夢牽引出了通靈寶玉的宿命，而通靈主人的沉沉一夢中，又揭示出金陵諸芳的命運伏筆。第五回中，銜玉而誕的賈府少主寶玉神遊太虛幻境，警幻仙姑將其引入那「厚地高天，堪嘆古今情不盡；癡男怨女，可憐風月債難償」的孽海情天，意在完寧榮二公靈魄之託，以情欲聲色等事警醒「稟性乖張，生情怪譎」的賈寶玉，好使其歸於正路，承繼祖業。

寶玉生平最喜骨格靈秀的女兒，認為唯有女兒清淨純潔，是造物的寵兒，男子們不過鬚眉濁物而已。而在太虛幻境中，天下女兒的命運卻歸於癡情、結怨、朝啼、暮哭、春感、秋悲各司。在薄命司中，寶玉得以見到金陵十二釵的冊簿，其中乃是他生平所歷諸多女兒的命運玄機。薄命司的匾旁題著一副對聯：「春恨秋悲皆自惹，花容月貌為誰妍。」於是紅顏薄命就成了金陵群芳命定的生命主題。看完冊籍，眾仙子又為賈寶玉演唱了十二支「懷金悼玉」的〈紅樓夢〉新曲，暗示了繁華終將隨雲消散，純情的女兒們終將在短暫的生命春天過後凋零，真摯的愛情不能見容於濁世，必將以悲劇告終。如此幾次三番地點撥，然而寶玉生就的癡根情種，反而愈發想要領略一下何謂「古今之情」、「風月之債」，此念一出，便「把些邪魔招入膏肓了」。為彼時視做邪魔者，亦即警幻所云之意淫，亦即兩情相悅的閨閣真情，醉於此情者，必將「見棄於世道」，被視為大逆。警幻見其終不能醒悟，遂將其妹「乳名兼美表字可卿者」配與寶玉，可卿「其鮮豔嫵媚，有似乎寶釵；風流裊娜，則又如黛玉」，匯聚了人間天上絕倫的美豔與風華。警幻安排寶玉經歷了靈肉結合、柔情繾綣的閨閣至境，欲使他明白仙閣幻境亦不過如此，何況塵境之情景，望其猛醒之後能改悟前情，從此留意於孔孟之間，委身於經濟之道。然事與願違，寶玉非但沒有迷途知返，反而自此深墮情之迷津。而迷情，卻恰恰是寶玉當時心目中的正業。此夢並未曾使寶玉大徹大悟，但卻為寶玉歷幻之後的大徹大悟種下了契機。

賈氏家族的命運則是由寶玉夢中的主角即兼美者秦可卿在當家人王熙鳳的夢中揭示的。秦可卿是《紅樓夢》中最難解的一個謎，她的才貌情性堪稱是完美女性的化身，是「重孫媳中第一個得意之人」，但她最後卻因一場曖昧的情事而成為十二薄命金釵中的最早夭逝者。她在香靈渺渺之際託夢於掌權的少奶奶鳳姐，告之即將到來的「烈火烹油、鮮花著錦之盛」只不過是「瞬息的繁華，一時的歡樂」，預言了家族「盛筵必散」、「樹倒猢猻散」的後景，並點破了「三春去後諸芳盡，各自須尋各自門」。語言淒婉從容，滿篇大氣，然而王熙鳳此時正如日中天、炙手可熱，正醉心於權力與財富的誘惑，如何能於此際退步抽身。或許唯有到了「哭向金陵事更哀」的終局時分，她才會細細思悟秦可卿的夢中所言。

秦可卿所說的即將到來的「非常喜事」，指的是賈政長女、寶玉胞姐賈元春晉封為賢德妃之事。元妃的晉封無疑加重了賈府政治天平上的籌碼，但「大廈將傾」的敗運已無可挽回。元春是另一種意義上的悲劇人物，她貴為皇妃，是深為寶釵輩豔羨的榜樣，但卻並無多少青春的歡樂可言。省親時她始終是滿臉淚痕，並言稱皇宮是「見不得人的去處」，心境的淒苦與處境的艱險可想而知。這位為了家族的命運而在深宮之中葬送了青春和歡樂的女子最終也還是被捲入政治鬥爭的渦流，成為無辜的犧牲品。據考證，元春並非如續書所述，是因聖恩隆重，發福太過，觸發痰疾而死，而是死於不測。七十二回中鳳姐自言夢見一人，「他說娘娘打發他來要一百匹錦。我問他是哪一位娘娘，他說的又不是咱們家的娘娘。我就不肯給他，他就上來奪。」這個夢正暗示著宮闈之中出現了一個更強有力的競爭者在與元春分寵，並且在此番較量中元春居於弱勢。很顯然，宮內的鬥爭象徵著宮外的鬥爭，元春的命運也就是賈府的命運。由第五回中揭示她命運的〈恨無常〉曲可推知，在不幸夭逝之際，元春「故向爹娘夢里相尋告：兒命已入黃泉，天倫呵，須要退步抽身早！」至此，賈府的大命運在設因之際結果便已注定，而這個果就在環環相扣的夢境中透射出來。零散的夢連綴成一個完整的家族命脈，在現實之外構成另一種超驗主義的命運走勢。

在共同的家族命運下，個人的命運顯然也浸染著宿命的氣息。寶黛之間的愛情尤為如此。釵黛二人是大觀園群芳領袖，都有可能入主怡紅院，成為寶二奶奶，這是局外人眼中的取捨不同所致。而局內人寶玉卻從未進行過選擇與取捨，人們包括同為局內人的釵黛也時時犯糊塗，難以明了寶玉的真心所在，作者在此亦吝筆如金，極少從旁稍加點撥。但「繡鴛鴦夢兆絳雲軒」一回，作者卻借寶玉夢囈這一神來之筆陳明了通靈主人的心跡。夏日的午後，寶玉沉沉睡去，冷美人寶釵偶然行來，坐在床邊，順手拾起了襲人未繡完的鴛鴦兜肚，自有一番芬芳幽深的女兒心事。不料才繡得兩三個花瓣，不知迷於何夢的寶玉卻在睡中喊罵起來：「和尚道士的話如何信得？什麼是金玉姻緣，我偏說是木石姻緣！」寶玉做了一個外人無由得知的夢，夙緣自此而顯，悲者自悲，傷者自傷，怔者自怔，一夢而乾坤定。金玉姻無法逆轉，木石盟也萬難變遷，所謂悲情，盡在此中。

浮生若夢，而所夢又皆非夢。人在夢中夢著，從夢著的夢墜入醒著的夢，誰知今夕何夕，此身何身，是為《紅樓夢》滋味。

寶玉的前身是大荒山無稽崖青埂峰下一塊通靈的石頭，偶因聽人談論紅塵中的富貴溫柔，不覺動了羨慕之心，執意要到凡間走一遭，於是幻形為人間的假玉，投身到「假不假，白玉為堂金作馬」的金陵賈府，名曰「造歷幻緣」。這樣看來，紅塵中的一切悲歡離合，富貴滄桑，乃至於良辰美景，賞心樂事之種種，又都不過是這塊真石被「粉漬脂痕」

遮汙靈光後在聚散無常的人間所沉醉於其中的一場迷夢罷了。這一場繁華夢最終以一個「春夢隨雲散，飛花逐水流」的蒼涼收筆點醒了千古夢中人，徹悟後的神瑛已不屑為人間的假玉。紅塵夢醒，萬境歸空，他回歸到為人身時曾遊歷過的夢境，亦即靈魂的來處，頑石的真正故鄉。人間是他身為幻境靈石之際所神往的夢，而幻境是他幻形假玉寄居人間時的夢。前者是夢中之夢，後者是夢外之夢。在夢中之夢中，夢外之夢是荒唐離奇的夢；在夢外之夢中，夢中之夢是沉淪迷情的夢。但二者又並不可等同混淆。夢中之夢是此岸，夢外之夢才是真正的彼岸。寶玉身為貴公子時，從魂遊幻境的夢中醒來，只是夢中的醒，並由此淪入更深的沉迷；唯有人間的迷夢幻散了，他走入曾經以為的夢境裡，才能真正的夢醒，才真正完成了由此岸到彼岸的過渡與回歸。

醒中有夢，夢中有醒。佛教中的色空觀念搭建起一個醒夢相續的結構。

大語寶玉、黛玉與寶釵

茫茫世間，總有一些不染塵埃、似真似幻的傳奇在紅塵中隱隱地流傳。雲中的風，海上的霧，令人無限神往而又不勝高處的寒意。一塊畸怪之石，自天上墮入凡間，便淪為寶玉，寶玉終將返回仙境中的靈魂故園，重又靜默成曠古的頑石，失卻塵緣，證得仙緣，是以《紅樓夢》又曾名《石頭記》。

這畸零之石在芹溪的筆下可大有來歷，絕非尋常物事。話說在遙遙不可企及的遠古時代，人類的母親女媧氏尚形單影隻地徜徉於天地之間。為了修補天空的傷痕，她覓到一處名曰「大荒山無稽崖」的蒼涼的方外所在，在彼處煉成了高十二丈、方二十四丈的巨石三萬六千五百零一塊。其中三萬六千五百塊皆才盡其用，得去補天，唯有畸零者未能入選，被棄置青埂峰下。青埂者，情根也，頑石性已通靈，年年月月、世世劫劫獨立蒼茫，內心充溢著亙古的哀愁，無法消解。忽一日，聞聽得途經峰下的僧道二人闊談紅塵中的富貴溫柔，不覺私心竊慕，意欲一往，再不能安於無欲無求，心如止水之境。於是苦求兩位仙師將其攜入紅塵。對情的執著一旦產生，任何的警語便都如過耳之風。心靈的徹悟，是旁人的經驗喚不醒的，非得身歷滄桑不可。頑石於是幻形為一塊鮮明瑩潔的美玉，被賦予了幾樁為世人稱奇的妙處，隨著絳珠還淚的公案得入凡間，歷盡了悲歡離合、世態炎涼，終於悟透了仙師當年的勸誡之言。

一念之動，石曾為玉；一夢之醒，玉歸為石。石不語，銘刻在石上的便是那一段回首相望卻成灰的溫柔塵夢。凝眸處，不是胭脂淚痕，不是斷腸憶語，而是一首大氣蒼涼的偈語：「無材可去補蒼天，枉入紅塵若許年。此系身前身後事，倩誰記去作奇傳？」

赤瑕宮的神瑛侍者，也凡心初動，欲往下界歷幻，投身於顯赫一時的豪族神京賈氏榮國府中，即為銜玉而誕的賈寶玉。此玉恰正是那幻形而來的青埂頑石。曾蒙神瑛甘露灌溉之恩的絳珠仙子亦追隨到人世間，以淚償恩，是為木石盟約。究竟何盟何約呢？似已無須明言。在空靈的離恨天外，前緣已定三生。絳珠生為草胎木質，受天地精華，得雨露滋養，食蜜青（覓情）之果，飲灌愁海水，生而為人，便是寶玉眼中那「神仙似的妹妹」林黛玉。

面對至情至性的「草木之人」林黛玉，寶玉依然是那一塊畸零之石，以他天然的本性灑脫無礙地為人處世。玉之通靈，所通正是石之天然性靈。寶玉一見黛玉，三生石畔風露清愁的記憶便被朦朧喚起，情不自禁道出似曾相識之感。他胸前所佩的通靈玉，在世人眼中是至珍至貴的寶物，但當木石的性靈清輝一朝相遇，凡俗間的光彩便黯然無光。寶玉的玉在賈府上下被視作命根子，但在他卻只不過是「勞什子」，聞聽得林妹妹這樣的人物也沒有玉，這玉越發觸動他的忿激。林黛玉沒有可以同人間之玉匹配的寶物，但在石靈的眼中，不食人間煙火的天然情性卻是他唯一的知己。

在癡人賈寶玉看來，女兒本是集天地間精華靈秀之氣而生出的人上之人——「凡山川日月之精秀，只鍾於女兒，鬚眉男子不過是些渣滓濁沫而已。」故在他眼中心上，「女兒是水作的骨肉，男人是泥作的骨肉。我見了女兒，我便清爽；見了男子，便覺濁臭逼人。」甚至「女兒」兩個字也是無上尊貴，無上清淨，無論如何玷汙不得的。

而在整整一部「悲金悼玉」的《紅樓夢》中，分別代表著天上人間亦即中國古典女性美兩種極致的林黛玉、薛寶釵，自然更是金陵諸女兒之首，大觀園群芳之冠。

在作者筆下，釵黛二人俱是花中第一品，但又美得各有千秋，絕不雷同。她們分別象徵著入世與出塵兩種人格。

在這部自言「大旨談情」的文字之開端，便用赫赫揚揚的一段筆墨交代了林黛玉的來歷——三生石畔的絳珠仙草一株，受天地精華，得雨露滋養，食蜜青之果，飲灌愁海水，早已是通體空靈。待到下世為人，幻歷情劫，當然更是塵埃弗染，不食人間煙火。

曹雪芹是細節刻畫的神手，但以林黛玉之絕代姿儀、曠世風華，前八十回中卻幾乎通部沒有對她形容衣飾的具體描寫。

衣飾的例外只有第八回、第四十九回，一次是為了引出下雪和一大串關聯文字，一次是為了襯托邢岫煙的寒酸，但皆是淡淡一描。白雪紅妝，「沒有鑲滾，沒有時間性」（張愛玲語），使黛玉的形象愈發不真切具體，反倒平添綽約出世之感。

形容亦是如此。說體態是「弱柳扶風」。說容貌是「罥煙眉」、「含情目」——「幾乎純是神情，唯一具體的是『薄面含嗔』的『薄面』二字。通身沒有一點細節，只是一種姿態，一個聲音。」（張愛玲語）

無一語實寫黛玉之美，但又無一語不是盛讚黛玉之美。使人情不自禁想起金庸先生筆下的小龍女——從沒有人見過天仙究竟是什麼樣的，但她款款出現時每個人的心底卻都不約而同的浮現出四個字——「美若天仙」，是同一種無法形容、無法言說的美。

黛玉奔父喪歸來，寶玉在經歷了漫長的等待和相思之後細加品度，發覺她「越發出落的超逸了」。「超逸」二字是點睛之筆。

到此，便成功地皴染出「世外仙姝寂寞林」的形象，縹緲絕塵，遺世獨立。

寶釵便是封建時代淑女的光輝典範。但她的來歷因而也就有些模糊，大約只是絳珠神瑛情緣所勾出的風流冤家之一。寶釵是人間美的代表，她冰肌玉骨、豔冠群芳，在眾女兒拈花名兒時擎到人間第一得意花——牡丹。寶釵首次亮相是在寶玉眼中，「頭上挽著漆黑油光的纂兒」，身上穿著顏色質地樣式皆有詳盡描述的「一色半新不舊，看去不覺奢華」的衣飾。「唇不點而紅，眉不畫而翠，臉若銀盆，眼如水杏」。作者不吝筆墨、有意推近鏡頭細緻刻畫了寶釵的容顏。寶玉屢次看得呆住，寶姐姐的美豔可想而知。

出身皇商家庭的寶釵此番進京乃是為待選而來，正是積極入世姿態。

黛玉出塵，寶釵入世。所以黛玉袖中散發著令人醉魂酥骨的天然幽香；寶釵則在病發時服食人工巧配的冷香丸。所以瀟湘館「鳳尾森森、龍吟細細」、「湘簾垂地、悄無人聲」，自有太虛仙境中「人跡罕逢、飛塵不到」的神韻；蘅蕪苑「清廈曠朗」，及進室內，則樸肅靜穆，雪洞一般。所以黛玉以詩詞為本分，她的詩是心語——「孤標傲世偕誰隱，一樣花開為底遲」，詞是情語——「粉黛百花洲，香殘燕子樓」；而寶釵則以詩詞為閨中遊戲，她的詩是寫身份——「珍重芳姿晝掩門」，詞是言志——「好風憑藉力，送我上青雲」。

釵黛二人在作者筆下處處比照，難分高下。林妹妹有詠絮之才，寶姐姐便有停機之德；有蘅蕪君的得意海棠社，便有林瀟湘的奪魁菊花詩；有淒美哀豔的黛玉葬花，便有如詩如畫的寶釵撲蝶……

寶釵性格溫婉和順，隨分從時，一言一行無不是儀態萬方的大家閨秀風範。賈府上至賈母下至小丫頭子們乃至下等婆子們都對她稱讚備至。她聰敏而心思綿密，既懂得投尊長之所好，在賈母王夫人膝前「承色陪座」，日間必要省候兩次，又不拿主子的款兒作威作福，對下人們極為體恤，甚至對賈府人見人煩的趙姨娘母子也看顧有加。她之得人心，遠勝黛玉。寶釵有著非凡的齊家才幹，但她在賈府亮出的姿態是「不干己事不開口，一問搖頭三不知」，但在此之前她是「拿定了主意」的。她之所以「不開口」，一是因為不干己事，二是因為時機不到。可以說，寶釵是大觀園裡最傑出的政治家。

而黛玉並非沒有料事的聰明和洞察時弊的敏銳，探春的「乖」和鳳姐的「花胡哨」她一清二楚，賈府的「後手不接」之患她了然於胸，但她可從不管賈府的閒事，這除了精力和體力等原因之外，更主要的是因為她既沒有入世的興趣也沒有處世的心機，林妹妹孤高自許、目下無塵，是大觀園中的屈原，且她天性喜散不喜聚，她胸中沒有富貴夢，因而也不會像寶釵那樣試圖扶大廈於將傾，去經營一個不散的華筵。

黛玉以父母雙亡的孤女身份依棲賈府，是「無依無靠投奔了來的」。雖曾經一度被賈母視作心頭肉，奈何榮府上下人等俱是「一個富貴心，兩隻體面眼」。坎坷的遭際和「一年三百六十日，風刀霜劍嚴相逼」的環境導致了她極度的敏感和自尊。自尊使她「步步留心，時時在意」，同時她又是個生就的癡人，舉手投足都出於天真爛漫之情而不是出於別有深意之心。既然不是出於有心，就難免會失之於無心。黛玉的真、黛玉的癡以及由此而生的纖弱傷感的個性導致她最終失歡於尊上。

黛玉、寶釵皆心屬寶玉，又都是寶二奶奶的候選人，一個與寶玉是姑表兄妹，一個與寶玉是兩姨姐弟，一個有著來自情天的木石前盟，一個有著苦心營造的金玉姻緣。

寶黛二人，一個美玉無瑕，一個閬苑仙葩，青梅竹馬、兩小無猜，且志趣相投而又高度默契，在大觀園的幻境風光中，一份真摯純潔的戀情日臻成熟完美。

林黛玉有著乖僻絕塵的性格和孤標曠世的才情，這在賈母眾人眼中是她的不好之處，但也正是因此她贏得了寶玉的敬愛之心、知遇之情。二人之情、堪稱情中至境。

賈府對淫汙苟且之事不以為然——「從小兒世人都打這麼過的」，卻無法理解寶黛的純潔愛情。他們所中意的是占盡天時地利人和的寶釵。寶釵在賈府不動聲色地建立了黛玉無論如何也無法與之匹敵的佳譽和口碑，當寶黛猶沉迷於真愛癡夢之際，寶釵的準寶二奶奶的地位已然堅不可摧。

只無奈寶黛離分之日，便是風流無散之時。繁華過後成一夢，飛鳥終須各投林。

寶黛二人雖領略了纏綿繾綣的情中至境，但純粹的自由和美在紅塵中的最後結局只能是幻滅。「生不同人，死不同鬼」的世外仙姝林黛玉流盡情淚，魂歸離恨天。

寶釵呢？她的確是個出色的女孩子，只可惜寶玉這樣一個任情任性的人並不可能成為她的知音和佳偶。寶玉不屑於「仙壽恆昌」，她自然也不能「芳齡永繼」，探春的判詞也同樣適合於她——「才自清明志自高，生於末世運偏消」，賈府無可挽回的敗落辜負了她的青雲之志；寶玉「莫失莫忘」的始終是黛玉，寶釵的「不離不棄」便成泡影，襲人的判詞也同樣適合於她——「枉自溫柔和順，空雲似桂如蘭」，對寶玉的人她是暫得而終失。前方等待她的是無邊的落寞。

黛玉、寶釵俱是花中第一品，但一仙一凡；她們的遭際皆可嘆堪憐，但一個亮烈，一個尷尬。

諸芳凋零，青春和美逝去，說不盡的釵黛餘韻仍在紅塵中隱約流傳。通靈而情生，情生而煩惱起。所謂人生的現實，卻也不過是幻夢的一種。深情與薄情，熱情與冷情，其實本不必過於執著，執著即非空。寶玉喜聚，這是玉公子的人間情懷。然黛玉淚盡而逝後，情中之情已破，其他諸情自然隨著這份最執著之情的幻滅而消散。情的幻滅過程正是由玉及石的返璞歸真過程。

寶玉的叛逆個性發展到最後，已徹底成為封建正統標準之外的「假玉」，他既辜負了家族的中興厚望，也終於未能成為寶釵理想中的良配。他們都曾盡心竭力地企圖培養起他作為人間貴器之玉的氣質，但最後他卻終於砸碎了這塊玉，也就砸碎了世俗中的一切煩惱和牽挽。愛恨欲求，他在了然頓悟中一無所有而又一無所求。

人間的「假玉」經歷過人間一夢，於青春、美、情的幻滅中完成了天性的自然回歸，飄然遁跡於心魂來處，復歸為天上的「真石」。欲求的誘惑曾使得玉石相淆，玉曾非玉，石曾非石，而欲求的消散又使得玉自為玉，石自為石。因玉的徹悟，石的回歸，方有了「因空見色，由色生情，傳情入色，自色悟空」的《情僧錄》

袁枚：奇男子，真性情

凡才子都是偏得天機者，負奇才，便必有奇情、奇舉、奇論、奇行，詩酒花月尋常事，放浪不羈天指使。在芸芸眾生心目中大逆不道、意料之外的事，在他們卻是情理之中的詩家本分。清代被友人戲稱為「風流班首」的袁枚袁子才便是此際中人。

袁枚（一七一六－一七九八年），字子才，號簡齋，浙江錢塘人。幼時即聰明好學，十二歲成秀才，後來雖幾次考舉人不中，卻在二十一歲時得遇廣西巡撫，被推薦博學鴻詞科，成為二百多人中最年輕的一個。雖然考試落第，卻因之而名滿天下。此後在北京以坐館為生。幸而乾隆三年（一七三八年）考中舉人，次年又中進士。因當時尚未婚娶，奉聖旨回鄉完婚，一時傳為美談。旋即選庶吉士，但因滿語考試不及格，改為江南地區的外放知縣。

此後知溧水、江浦、沭陽，調任江寧，頗受兩江總督尹繼善的賞識。袁枚做官清正耿直，深得民眾愛戴，但深苦於仰人鼻息的官場周旋，於乾隆十三年（一七四八年）稱病家居。

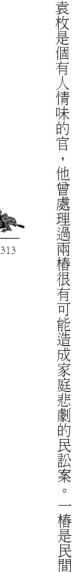

袁枚頗有些傳奇軼事。舊時代流傳下來的關於才子佳人的戲文裡，多半有著「奉旨完婚」的美滿結局。但在現實生活中，這樣的佳話可極為罕見。據說整個清代，有此奇遇的唯袁枚一人而已。彼時，這位已名重天下的錢塘才子的翰林庶吉士乞假歸娶，少年玉貌，白馬紅篷，〈恩假歸娶圖〉繪載了當時的盛景，其時之名流數百為之題跋。剛剛金榜題名，又逢洞房花燭，占盡了人生的得意。由他此際所受的恩遇和風光來推求，必是扶搖直上，前途無限。但袁枚生性「好味，好色，好葺屋，好遊，好友，好花竹泉石，好珪璋彝尊，名人字畫，又好書」，這樣一個地地道道的文林逍遙子，縱有折獄奇謀，辨冤才幹，縱是世事洞明，但終不能人情練達，亦無法從容周旋於微妙複雜的官場。才子嘛，終是書生意氣多了一點。平心而論，袁子才是個難得的好官，若論為官，光靠清忠耿直是遠遠不夠的，還得有謀有略才行，袁枚便是這樣一個德才兼備的奇男子。他曾歷任溧水、沭陽、江寧三縣的知縣，終日當堂料事，斷案剖冤，果決幹練，無所滯留。上不畏豪強，下不凌貧弱，頗得百姓佳譽。據說他的父親曾微服入境私訪，探得人人都知有個「袁青天」，便放心而歸。

袁枚是個有人情味的官，他曾處理過兩樁很有可能造成家庭悲劇的民訟案。一樁是民間有初嫁新婦，婚後五月即產一子，夫家大惱，認為此婦定然品行不端，婚前失貞，便一狀告到官府。誰知袁縣令聽後哈哈一笑，說這有什麼大不了的，遂引經據典指出歷史上許多大人物都是早產，自己亦然如此，並搬出太夫人作證，遂化即將發生的慘劇為喜劇。另一樁是江寧鄉間一韓姓女子某日忽被大風吹至村外九十里處，第二天才被送回，她的未婚夫婿家疑心大動，認定其中必有姦情。袁枚則曰不然，並舉例說古時便曾有女子被風吹至六十里之外，此女後來竟嫁與宰相，還只怕你小子沒有這等福分呢。夫家聞之大喜過望，干戈冰釋，婚約如舊。總督尹繼善聽說了這件事，無限感慨地說：「可謂宰官必用讀書人矣。」袁枚在這裡表現出了一種源自善良天性的寬容與機敏，他深知倘若按照嚴酷的封建禮法，兩名當事的可憐女子必定死無葬身之地，於是他難得糊塗了一把，轉危為安，又落得個皆大歡喜。

可惜深得民心的袁枚卻並不或者說也不屑於深諳為政之道。他是個任情率性的人，並且鋒芒畢露，毫不內斂隱晦。他嘲笑「溫柔敦厚」的詩教，公然在詩中宣稱自己「平生行自然，無心學仁義」，叛逆個性表露無遺，顯然已將自己置於眾矢之的。袁枚自幼由一位才華橫溢的開明的、反傳統的姑母撫養，他愛自然，宣揚「人情」，追求真性情，並且放縱才情，張揚膽氣。袁枚重詩文而輕八股，認為「惟情自適」、「天性多情句自工」，此等言論及創作實際所透射出的決絕勇氣，不是矯情者所能偽飾得出來的。在應朝考時，他險些因這種脾性而受挫，他的應制詩中有「聲疑來禁院，人似隔天河」二句，被閱卷的考官們認為是不夠莊重，擬不列等第。幸而愛才的刑部尚書尹繼善力排眾議，大包大攬，袁枚這才得以選為庶吉士。二人也由此成為至交。

袁枚極重感情，尹繼善以伯樂之功、知遇之恩而被他報以一生的感念，更兼尹繼善也是位文名遠播的才子，惺惺相惜，因而二人的情誼愈發非比尋常。尹才思敏捷，筆落詩成，與袁枚唱和，常快馬傳詩，袁十分敬畏他的神速。這一年的除夕夜，機敏過人的袁枚童心大動，乘興賦詩，派人送到尹繼善所在的兩江總督府，尹展詩吟讀時，恰逢三更鼓響，詩的末兩句赫然寫著「今日教公輸一著，新詩和到是明年」。尹繼善不由大笑，曉得這次著了袁枚的道兒，自己再神速也是落後一年了。

但袁枚的怪膽狂情並不總是有人賞識。他曾刻過一方閒章「錢塘蘇小是鄉親」，以示對這位豔傳後世的錢塘歌妓的傾慕與遙思。某尚書向他求索詩冊時，袁枚用的就是這方印章。一貫奉行正統的尚書大動肝火，對袁子才橫加呵責。子才初時還謙恭有加，自謝己過。但這位尚書並未見好就收，而是繼續數落，生性恃才傲物的袁枚如何忍得，遂回擊道：「誠恐百年以後，人但知有蘇小，不復知有公也。」其狂情不亞於那位孤傲的歐洲音樂天才貝多芬。

放誕任性的袁枚終於還是厭棄了仕途生涯，人到中年的他已拒絕調和夢想與現實之間的矛盾，他毅然決然地把自己從官場放逐到一個純粹性靈的世界裡，在世人眼中最有作為的華年。袁枚是幸運的，竟得以營造起他夢想中的小世界，並在其中悠哉悠哉了四十餘年。

袁枚這位追求性靈的奇男子，他的詩清新明快而又不失雄渾意境，纖巧飛揚而又不乏豪情壯興，他晚年的創作愈發登峰造極、爐火純青。我行我素的袁枚以七十高齡遠遊海內，他的山水詩進入了一個日臻佳妙的境界，如他自己所言，正是「江山成就六年詩」。

從「半天涼月色，一笛酒人心」到「山色蒼茫落照微，升沉到處有天機。楊花自繞蛛絲上，莫怪春風吹不飛」，直到一首〈到石梁觀瀑布〉封筆，「天風蕭蕭衣裳飄，人聲漸小灘聲驕……五疊六疊勢益高，一落千丈聲怒號……銀河飛落青松梢，素車白馬雲中跑……安得將身化巨鰲，看他萬古長滔滔。」袁枚徹底完成了他在性靈境界的修為，如破空而行的天馬，以絕世奇才縱行無忌，自由翔弋在心靈的幽深世界裡。

鄭孔門前不掉頭，程朱席上懶勾留。
一帆直渡東沂水，文學班中訪子遊。
但肯尋詩便有詩，靈犀一點是吾師。
夕陽芳草尋常物，解用都為絕妙詞。

袁枚總是這樣，於散淡的筆墨甚至是笑談間就已讓人驚心動魄，無限神往但卻不敢比肩。就好像江寧隨園，倘落在一個泛泛的官僚或富翁手中，其實也不過就是一些尋常的草木石頭，空洞而呆板，但袁枚數十年的吟哦與徘徊卻使得它生機勃然，空靈無埃。隨園主人的兩首詩以平實舒展的口吻道出了自己的人生理想和文學主張，並將二者融於對性靈的矢志追求中。因程、朱理學和學界考證、訓詁的一統天下，「存天理、滅人欲」方是正理，八股才是正業，詩詞歌賦被看做不過是聊以自娛的偏科，且最易導入狂邪、移人性情，袁子才卻公然唱起反調，放著「正人君子」不屑為，偏要沿著孔門七十二賢中專擅「文學」的子遊所來之徑逆流而上，以文學為己任。

這位頗令時之正士側目的叛逆者，「天才穎異，論詩主抒寫性靈」。袁氏的詩歌是清代詩壇各路諸侯中一面與眾不同、爽目怡心的旗幟。他認為「詩者，人之性情也」，而「詩人者，不失其赤子之心者也」。這種推崇「靈犀一點」的詩論主張頗有禪宗見性成佛、直指人心的味道。

「絕世奇文」《歧路燈》

蔣瑞藻的《小說考證》引缺名《筆記》云：「《歧路燈》一百二十回，雖純從《紅樓夢》脫胎，然描寫人情，千態畢露，亦絕世奇文也。」因描寫形形色色的世情而使《歧路燈》成為「絕世奇文」，這是對其精到的概括，但這「脫胎《紅樓》」的說法卻並非屬實。據考證，《歧路燈》約寫完三分之二時，《紅樓夢》才開始創作，顯見《歧路燈》是作者自己的創意。至於在內容上的相似以至有脫胎之嫌，只是文學發展的客觀規律使然。清中期以來，古典小說即開始了從寫帝王將相、傳奇英雄、神怪仙佛、才子佳人到反映現實人生的轉向。

《歧路燈》的作者李綠園（一七〇八－一七九一年），出身於書香門第，祖父李玉琳，父親李甲都是秀才。李玉琳於康熙三十年（一六九二年）由祖籍河南新安，逃荒到寶豐宋家寨。綠園三十歲考中恩科舉人，而其後三逢會試，始終未考上進士。至乾隆十三年（一七四八年），其父死，他在家守制，一則不能出外應試，再則屢試不中也多少使他心灰意冷，遂寄情寓意於「稗官」，開始了《歧路燈》的創作，又一發不可收拾，持續寫作近十年，後終因出仕輟筆，此時《歧路燈》已完成約八十回。這一年李綠園五十歲，自此舟車海內，雖官位始終不高，但近二十一年間足跡遍及冀、魯、川、黔十個省份，幾半個中國，到乾隆二十年，他六十六歲，選為貴州印江縣知縣，撫民如子，有循吏之美譽。六十八歲任滿，返抵寶豐，重操舊業，兩年後《歧路燈》完稿。

楊淮在《國朝中州詩鈔》中曾有這樣一段關於他的記述：「生平學問博洽，凡經學子史，無不貫通，而尤練達人情。老年酒後耳熱，自稱通儒。」

《歧路燈》，顧名思義，小說旨在為世家浮浪子弟懸起一盞指路「明燈」。小說中著重寫明嘉靖年間書香人家之子譚紹聞，他少年時為「匪人」所誘，誤入歧途，腐化墮落，後終改志換骨，奮發讀書，加上本族兄長提攜，功成名就，重振家業。在這墮落與重振的過程中，作者旨在揭示家庭與社會環境對人的成長的影響與作用，從而勸誡世人教子要嚴，拜師要正，交友要慎。不過由於作者深受程朱理學的影響，所謂指引浪子回頭的「明燈」，實質是對傳統道學的張揚。以道學思想作為教育子弟的思想準則，在這重意義上使作品在思想上顯得陳腐與保守。但李綠園重要的創作主張是「形象上必須寫實」，且藝術效果要達到「田父所樂觀，閨閣所願聞」，因而憑藉其高超技藝使作品客觀反映了世態之真實狀況，且人情世態的描寫，神情畢肖，栩栩如生，具有較高的認識價值與藝術價值。

欒星在〈歧路燈校本序〉中說：《歧路燈》的價值，一是文學價值，一是文獻價值。它用感性方式，讓我們知道在被稱為康乾盛世時期，在表面繁榮下，「內部的孤陋與窳敗。對於清代吏治中書辦、皂役這一層人的為非作歹；對士人的空虛懷抱與胸無點墨；對宦門子弟的墮落放蕩與無所事事；對市井寄生者的刁鑽譎詐與全不要臉皮；還沒有那一部書揭露得如此普遍與深刻。從另一社會生活方面，補充了《紅樓夢》的缺筆。」

此番評價並非誇飾，正如上文所言，作者採用羽式結構，圍繞譚氏興衰際遇這一主要線索展開情節，描寫了戲劇、賭場、尼庵、官衙、商場、學署，其中涉及人物二百六十多個，包括官紳、豪吏、書辦、清客、幫閒、門斗、衙役、武弁、商賈、市販、賭徒、遊棍、孌童、面首、妓女、庸醫、相士、藝人、戲霸、土財主、人販子、假道學、酸秀才、風水先生、江湖術士、紈絝子弟、牙經紀、師姑道婆、綠林人物、賭場打手……三教九流，無所不包。通過這些人物生動地描繪了當時中下層社會人物的生活狀態和精神風貌，展現出一幅十八世紀中國社會中等城市的生活畫卷。

這其中刁鑽譎詐的市井無賴刻畫得尤為出色。如夏逢若這一形象就被公認為繼《金瓶梅》裡應伯爵之後，又一個幫閒典型。夏逢若的父親曾做過江南微員，也弄得幾個錢，但「那錢上的來歷未免與那陰騭兩個字些須翻個臉兒」。錢來的容易，去之也不難。夏逢若「嗜飲善啖，縱酒宿娼」，很快千金散盡，再想玩樂，只好以諂媚、矇騙、詐害為手段。且看他的人生哲學：

人生一世，不過快樂了便罷。柳陌花巷快樂了一輩子也是死，執固板樣拘束一輩子也是死。若說做聖賢道學的事，將來鄉賢祠屋角裡，未必有個姓名。就是有個牌位，有個姓名，畢竟何益於我？所以古人有勘透的話，說是「人生行樂耳」。又說「世上浮名好是閒」。總不如趁自己有個家業，手頭有幾個閒錢，三朋四友，胡混一輩子，也就罷了。所以我也頗有聰明，並無家業，只靠尋一個暢快。若是每日拘拘束束，自尋苦吃，難道閻羅老子，憐我今日正經，放回托生，補我的缺陷不成？

依據這番道理，夏逢若因看透盛希僑、王隆吉、譚紹聞都是「憨頭狼」（傻公子哥兒），遂糾纏巴結，儘管歲數四人中最大，仍是硬擠上當了盟兄中的老四。而後為謀得譚紹聞的錢財，設下種種陰謀詭計，或軟誘或硬拉，以至動用尼姑、妓女以色相誘惑，使得譚紹聞傾家蕩產，幾次欲上吊尋死。

而對此人的刻畫最為精妙的一筆卻是他幫譚擺脫困境一事。譚紹聞在巴家酒館賭博，不想出了人命案，譚怕出官丟臉，請焦丹想辦法。焦說：「這賭博場裡弄出事來，但凡正經人就不管，何況又是人命？若要辦這事，除是那一等下流人，極有想頭，極有口才，極有膽量，極沒廉恥，才肯做這事。東西說合，內外鑽營，圖個餘頭兒。府上累代書香人家，這樣人平素怎敢傍個門兒？只怕府上斷沒此等人。」譚紹聞聽至此，極口道：「有！有！有！我有一個盟友夏逢若，這個人辦這事很得竅。」這由衷驚呼出的「有」是對夏逢若其人何其辛辣的反諷；而焦丹所言的辦成此事的合適人選，又是對夏逢若無賴嘴臉何其精到的概括。而且，後來夏逢若去設法託鄧三變向縣官行賄，從中賄了六百兩銀子，終辦妥此事。而此等無賴之如魚得水，又正是緣於當時官場的黑暗。

關於當時官場上的貪汙受賄這一普遍現象，文中多有筆涉。如譚孝移被保舉後，王中和閻楷拿了五十兩銀子先在各衙門的禮房書辦處一一打點。再如譚紹聞因參與防寇有功，得到保舉引見，可只為「銀子不到書辦手」於是遭到種種刁難。直到盛希瑗為他暗墊二百四十兩行賄，才得到引見。這裡或非作者本意，但客觀上卻又確鑿地埋下了隱患。固然，有「明燈」指引，浪子回頭，但抵禦倭寇，得了軍功，卻無法從根本上拯救舊有社會的必然傾頹之勢。這就涉及到《歧路燈》內部糾結著的一個深刻矛盾。

文章旨在宣揚道學，但由於作者「內容上必須載道，形象上必須寫實」的創作主張，使作者的意圖與作品的切實效果相悖。客觀地反映時代真實，使得這部本來立意要發揮封建「綱常彝倫」教科書作用的小說，卻為道學思想的統治的必然失敗唱了一首挽歌。同時反映了封建階級乃至整個封建體制在劫難逃的沒落，以及當時勃勃興起的市民階層。這比較顯見地體現在與世宦舊族子弟相映襯，作品中所塑造的幾個商家子女身上。

如商家的兒子王隆吉，他與譚紹聞是嫡親的表兄弟，讀了些聖賢書，學會寫算後，就丟開書本與父親學做生意。他精明能幹，善於經營，「十五六歲，竟是一個掌住櫃的人」；離開父親後，仍能自己「立起一個盛大的字號」；與之相比，譚紹聞一旦離開了父親的卵翼，把一份家業敗壞了。譚紹聞的墮落是從誤交盛希僑開始，但其實先與這盛希僑交往的卻是王吉隆。只是王吉隆懂得把握分寸，對其敬而遠之。不失了這生意上的大主顧，卻也清醒地知道與之吃喝玩樂，並非一個正經商人幹的活計。而譚紹聞，縱外有諸道學家父執的教訓，內有恪守道學教條的「義僕」，「賢妻」箴規，卻仍陷入泥坑，終至家產耗盡。這本身已說明道學家教育的破產。

再如新發商人之女巫翠姐，她與孔慧娘同是譚紹聞的妻子，面臨的客觀環境大體相當，愈發使對比鮮明。慧娘出身書香門第，父親是個道學先生。她自幼受「三從四德」的教育，是個標準的「賢妻」。眼見丈夫的日益墮落，卻按「出嫁從夫」、「夫唱婦隨」的戒律，不敢認真規勸，丈夫不聽，也只有作罷。心中暗自憂悶，卻又不敢告之婆婆、父親，終抑鬱而死。由於死得不明不白，對丈夫譚紹聞自是毫無觸動。

孔慧娘死後，譚又娶繼室翠姐。翠姐生長於「暴發財主」之家，酷愛看戲賭錢。她的道德觀都是從戲中得來的。她從《蘆花記》中認識到後娘不該折磨前娘的兒子，因而對妾生的兒子與相公很好；在《苦打小桃》中，又意識到大婦不該折磨小妾，遂對妾冰梅也不錯。同孔慧娘一樣，不虐待、歧視妾冰梅及其子，但慧娘心中根深蒂固的妻妾嫡庶之分，在翠姐這裡卻蕩然無存。翠姐任性使氣，不拘禮法。當遭到譚紹聞的無禮打罵，即公然反抗，一氣之下就跑回娘家。不僅如此，翠姐對譚開賭場招來的妓女也平等相待，譚紹聞把她們送到後面來，她「不惟不生嗔怪，反動了我見猶憐之心」。反而是妾冰梅因「聆過孔慧娘的教」，心中不悅。

很顯然，從作者創作的宗旨及筆端隱約流露的情緒，他是褒孔貶巫的，對於巫翠姐的行為，他以暴露的筆調寫。但我們讀起來已確鑿的感到，孔慧娘這一「賢妻」典型無可迴避地成為傳統道學的殉葬品，商業的發展，將使以巫翠姐及王吉隆為代表的市民階層以不可阻擋之勢勃勃中興。而作者李綠園指引浪子回頭的「明燈」也自然顯得暗淡蒼白了。

駢文大家，大才子紀曉嵐

有一些文體如楹聯、駢文、回文詩等，能夠充分熔鑄漢語漢字在形、音、義三方面的特點，實在是漢語文學的獨創。劉師培《中古文學史》稱其為「禹域所獨然，殊方所未有」。其中駢文的歷史最久，它又稱駢儷或四六，發源於先秦，醞釀於兩漢，到魏晉時期方蔚然大觀。後來又經歷了唐宋開始的衰落，到清代才得以復興。清代駢文的代表作家除胡天遊、袁枚外，還有在民間聲名久播、極富傳奇色彩的紀昀。

紀昀（一七二四—一八〇五年），字曉嵐，又字春帆，晚號石雲，直隸獻縣人。乾隆十九年（一七五四年）進士，改庶吉士，授編修，後升到侍讀學士，因為受親家連累革職戍烏魯木齊，過一段時間又回京授編修，再升侍讀學士。正好乾隆要求他擔任《四庫全書》的總纂官，隨即開始主持《四庫全書總目提要》的寫作。此後漸漸得到乾隆的賞識，一直升到禮部、兵部尚書，協辦大學士，加太子太保，謚文達。紀曉嵐的詩文以持論簡而明、修辭淡而雅著稱，他的駢文寫得尤其漂亮，清人譚獻將他的〈四庫全書進呈表〉列為「不愧八代高手，唐以後所不能為」的清駢文代表作。其實他的駢文名篇還應當推〈平定兩金川露布〉。此文寫金川的戰役，能做到層次曲折，達到繪聲繪色的地步。

民間傳說紀曉嵐是火精轉世。據說這種精靈本來是女兒身，五代時就有，每當出現，就能看見火光中有赤身女子的身影，這時大家就一起敲鑼打鼓驅趕它。而紀曉嵐出生時就有人看見它跑進紀家，一直溜進夫人的內室。還有說他是蟒精或猴精轉世的。紀曉嵐初生的時候耳朵就有穿痕，腳又白又尖，像纏過足一樣。他小時候又有雙目放光的本事，夜裡睜開眼便能把四周照亮，到懂事後才漸漸恢復平常。這些可能多屬無稽之談，但卻展現出紀曉嵐為人的特殊。紀曉嵐一生幾乎不沾穀米，每餐只吃一盤豬肉，喝一壺熬茶了事。他絕對不碰鴨肉，嫌其腥羶。平時桌上放著榛子、栗子和棗，沒事時吃一點。另外他極喜吸菸，人稱「紀大鍋」，非一般人可比。一次他正在值班房吸菸，忽聽皇上召喚，慌忙將煙袋鍋插在靴子裡，跟隨皇上而去。菸袋在靴子裡著了火，燒得紀曉嵐鼻涕一把、眼淚一把。乾隆見狀，又看見他的靴子冒煙，忙問何故。紀曉嵐回答說：「靴子走水。」北方人稱著火為「走水」。

乾隆聽後揮手示意他退下，等紀曉嵐出去脫下靴子，皮膚已經燒焦了一大塊。原來因紀走路極快，被彭元瑞送一綽號「神行太保」，這回紀許多天都一瘸一拐的，又被彭取一新綽號為「鐵拐李」。紀曉嵐頗得乾隆的賞識，所以雖靴子冒煙也不以為怪。一次乾隆去五台山，恰逢白龍寺裡和尚在撞鐘，不禁詩情大發，又提筆做起那令人哭笑不得的「乾隆體」。乾隆剛寫完第一句：「白龍寺裡撞金鐘」，紀曉嵐就在一旁忍俊不禁。乾隆怒道：「朕的詩固然寫得不佳，你也不該當面笑話！」怎奈紀曉嵐反應機敏，立即答道：「我是想起李白有句詩『黃鶴樓中吹玉笛』，一直苦於無對，今天見到聖上的詩，覺得是天然對偶，十分歡喜。」像這樣的事還有很多。不過紀曉嵐和乾隆間的關係雖然比較融洽，卻也有著不可逾越的界限。譬如乾隆後期因南巡耗費過甚，國庫日漸虧空，紀曉嵐心疼國家財產被無度揮霍，勸乾隆停止南巡，結果乾隆大怒，斥道：「我本來把你這文學侍從之臣視為倡優之輩，你卻自己忘乎所以！」不知紀氏聽後作何感想。

乾隆二十七年（一七六二年），紀曉嵐在主持順天府鄉試中，得到舉人朱孝純的投詩，其中有「一水漲喧人語外，萬山青到馬蹄前」的詩句。這兩句詩恰是六年前紀在隨聖駕出巡時在古北口旅店的牆上讀到的殘篇。當時紀曉嵐就十分喜愛。此事竟然這般巧合，紀不由感嘆說：「性情契合者果然有前世的夙因！」後來紀曉嵐出任提督福建學政，在嚴江的舟中賦詩云：

濃似春雲淡似煙，參差綠到大江邊。
斜陽流水推篷坐，翠色隨人欲上船。

並對朱孝純說：「這前兩句詩是從你的『萬山』句中脫胎而出，人都說青出於藍，今日卻是藍出於青啊！」紀曉嵐的「虛心盛德，不沒人長」（陳壽祺《郎潛紀聞初筆》）一時在詩壇傳為佳話。

紀曉嵐一生著述除《四庫全書總目提要》外就只有小說《閱微草堂筆記》了。有人說他生平謹嚴而不願著書，其實這也是因為他將幾乎所有精力都搭在所謂「萬卷提綱一手編注」（朱筠〈祭紀氏文〉）之中，「修書奪其日力，遂致不能肆力專經之業」（張舜徽《清人文集別錄》）。如果能有人從《提要》中系統整理紀的學術思想，將是一件很有意思的工作。而且終年活在乾隆皇帝的精神陰影之下，恐怕也是紀曉嵐內心痛苦無法專治一經的原因。他的詩主張「性情」，雖多呈御覽，卻每有清新可喜之作。紀曉嵐曾有一首自題之詩可做其一生的總結：

平生心力坐銷磨，紙上煙雲過眼多。
擬築書倉今老矣，只應說鬼似東坡。

紀曉嵐楹聯多奇趣

關於紀曉嵐的楹聯，傳說最多的莫過於他在五台山和住持僧之間的故事。據說他剛進廟時，住持僧以為他是一介寒儒，便招呼說：「坐。」又叫了聲：「茶。」意思是端杯普通茶來。寒暄一番後，住持僧知道了他是京城的來客，忙將他領進內廳，並招呼說：「請坐。」隨即喝了聲：「泡茶。」意思是單獨泡杯好茶端來。又經詳談，得知他竟是紀曉嵐，住持僧立即滿臉賠笑，恭恭敬敬將紀曉嵐請到禪房，招呼說：「請上坐。」又吆喝小和尚：「泡好茶。」意思是換上廟裡專門為尊貴客人準備的上等茶葉。紀曉嵐見狀微微一笑。他臨走時住持僧執意請他留下墨寶，紀曉嵐在紙上寫道：

坐　請坐　請上坐
茶　泡茶　泡好茶

弄得住持僧羞愧萬分。這一傳說在民間流傳極廣，深受民眾喜愛。不過還有說故事的主人公是阮元或鄭板橋的，要最終確認它的真正作者還缺乏更可靠的文獻證據。

相較之下，紀曉嵐和乾隆之間的楹聯故事最多，也更可信。如一次上元節乾隆和群臣在文華殿猜謎，紀曉嵐當場出一謎語聯：

黑不是　白不是　紅黃都不是　和狐狼貓狗彷彿　既非家畜　也非野獸
詩也有　詞也有　論語上也有　對東西南北模糊　雖為短品　亦為妙文

乾隆久思不解謎底為何，紀曉嵐便提示說：「以皇上的聖才，此時此景，不難猜中。」乾隆恍然，說：「莫非『猜謎』二字。」此聯上聯用了燈謎的排除法，五色中除去紅黃黑白，就只剩下「青」了。因為先秦時「藍」是一種可做染料的植物，而「青」正是它染出來的顏色。「狐狼貓狗」則是指此字的偏旁，與「青」正好合成「猜」字。下聯用了燈謎的包含法，「詩詞論語」都含有「言」字，方向「模糊」扣「迷」，合在一起便是「謎」字。紀曉嵐稱讚謎語是「短品」、「妙文」，充分展現了清代文化重視邊緣文體的特質，而且他的這副謎語聯，稱之為「妙文」也十分恰切。

乾隆號稱「十全武功」，實則好大喜功，一再出兵邊境，干戈征討無有寧日。一天乾隆皇帝為此事出一上聯：

一之為甚　豈可再

這簡直是刁難人：順著他說吧，便違逆這上聯之意；反著這上聯的意思說吧，便注定違逆龍顏。群臣面面相覷，不知所措。只有紀曉嵐能夠體會乾隆的意思，當即應聲道：

天且不違　而況人

梁章鉅《巧對錄》稱此聯「用成語如己出，而君臣應對語氣亦合，真天才也。」

紀曉嵐還有為賀乾隆八十壽誕（乾隆五十五年八月）而作的燈聯，聯云：

八千為春　八千為秋　八方向化八風和　慶聖壽八旬逢八月
五數合天　五數合地　五世同堂五福備　正昌期五十有五年

據《莊子・逍遙遊》：「上古有大椿者，以八千歲為春，八千歲為秋。」又據《左傳・隱公五年》：「夫舞所以節八音而行八風。」這是周代唯獨天子能夠享用的八八六十四人的樂舞。紀曉嵐此聯用典均能合於祝壽之意，而且極盡複字重言之能，近代吳恭亨《對聯話》稱讚此聯「硬堆硬算，可謂天衣無縫。」此年的重陽節前夕，乾隆皇帝去木蘭圍場打獵，返回途中駐於萬松嶺，待重陽節時登高以應節俗。乾隆見到舊懸的楹聯，就命隨侍的協辦大學士彭元瑞撰一新聯取而代之。彭苦苦構思，僅得一上聯：

八十君王　處處十八公　道旁介壽

卻無論如何想不出下聯。情急之中想起留在京城的好友紀曉嵐，火速寫信遣人求援。紀曉嵐見信後當即於信紙的空白處寫就下聯：

九重天子　年年重九節　塞上稱觴

彭見後嘆道：「曉嵐真勝我一籌也！」乾隆對此聯十分欣賞，賜彭以帛。彭元瑞說：「對幅乃紀昀所擬，臣不敢冒領。」乾隆於是又賜帛給紀。上聯「八十」是說乾隆的年齡，「十八公」恰合萬松嶺的景色，「八十」與「十八」又恰好互為顛倒，修辭頗具巧思；下聯「年年重九節」切合重陽節的時間，且與「九重天子」顛倒詞序，更顯才人韻致。紀曉嵐和彭元瑞私誼極佳，彭去世時他亦有挽聯相吊：

包羅海岳之才　久矣韓文能立製

繪畫乾坤之手　惜哉堯典未終篇

聯中「繪畫乾坤」之語是點出彭係乾隆晚年詩作的捉刀代筆者，「堯典」則是說他專司《高宗實錄》的稿本，可惜未能完成就逝世了。

紀曉嵐的挽聯多詞真意切，深沉感人，如他的挽劉統勛聯：

岱色蒼茫眾山小
天容慘淡大星沉

《楹聯叢話》評為「句奇語重」。他還有挽朱笥河的聯語：

學術各門庭　與子平生無唱和
交情同骨肉　俾予後死獨傷悲

挽辭而能切合彼此的身份交誼，實在堪稱上品。不過最讓人感慨的莫過於紀曉嵐為長子紀汝佶所製的挽聯了。紀汝佶本是乾隆間的孝廉，素性揮霍，因事被革。紀曉嵐見他仍不檢點，便將他關在家裡不許出門，按日嚴格控制他的生活費用。紀汝佶深深苦於父親在資費上的約束，死時手頭的錢都花得精光。他病重期間幾次氣絕後又甦醒，變換口音說：「我是來索債的，已經還清，但還差一些，需要燒些紙車馬之類的補上。」紀曉嵐如數照做，誰知此子旋即又醒轉過來，彷彿有事未了。紀曉嵐的三女出去查看，哭著說：「有匹紙馬後腿沒燒著。」於是差人趕快燒化，此子這時終於瞑目。紀曉嵐的挽聯云：

生來富貴人家　卻怪怪奇奇　只落得終身貧賤
賴有聰明根器　願生生世世　莫造此各種因緣

他在談起此事時嘆道：「今乃知因果之說或亦有之。」出語極盡蒼涼之慨。

紀曉嵐有許多賀聯則寫得饒有風趣。如他曾遇見一個為某道士的新婚之喜寫婚聯的人，只想出上聯：

太極兩儀生四象

苦於得不到合適的下聯，紀曉嵐當即為其添上一句唐詩：

春宵一刻值千金

梁章鉅《楹聯叢話》稱之為「謔而不虐」。紀曉嵐有個表親戚叫牛稔文，為兒子牛坤娶妻。紀寫了一副賀聯差人送去，牛稔文連稱用典雋雅。

繡閣團圞同望月
香閨靜好對彈琴

第二天，紀曉嵐到牛府祝賀時，指此聯說：「我用尊府典故如何？」眾人大笑。原來如謂上聯用「花好月圓」的典故、下聯用「琴瑟和諧」的典故，則稱得上雋雅；可上聯其實卻用「犀牛望月」，下聯則用「對牛彈琴」，實際是一副隱姓婚聯。難怪眾人要為之捧腹了。

紀曉嵐在北京曾和朋友一起路過馬神廟。廟門左掩一扇，有上聯云：

左手牽來千里馬

紀曉嵐和朋友打賭，說下聯一定是：

結果把廟門拉開，下聯竟是：「右手牽來千里駒。」民風土野不知文飾，當然非紀所想。此事一時傳為笑談。又有一次學士陸耳山說：「我剛才在『四眼井』飲馬，這『四眼井』以何為對？」紀曉嵐回答道：「以閣下為對如何？」還有人曾問紀曉嵐：「有一家書坊叫做『老二酉』，以何為對？」紀當即答道：「你再進正陽門羅城的時候，注意看布傘上寫的字。」

此人於是依其言而行，結果看見一個算命的打著傘四處吆喝，傘上寫著「大六壬」（《易經》象數派術語）。凡此種種，不可計數。另外紀曉嵐的弟子梁章鉅在《楹聯叢話》中多次提及他對楹聯歷史演變的見解，可見他對於楹聯的理論問題也有過專門的思考。這就是「清對聯」走向自覺的徵兆了。

《閱微草堂筆記》：才子筆下的狐鬼

清代文名赫赫的紀昀紀曉嵐（一七二四—一八〇五年），是常見於稗官野史中的傳奇人物，以幽默詼諧，機敏善對，才華橫溢而著稱，他的種種掌故軼事多與聯句問答有關。實際上紀昀的才華不止於此，他是乾嘉時期著名的大學者，曾奉命敕修《四庫全書》，擔任總纂官，頗受皇帝賞遇，累官至禮部尚書、協辦大學士。

紀昀不但常常成為故事中的人物，他自己也善於說故事。他的《閱微草堂筆記》（二十四卷），是清代最具影響力和代表性的擬魏晉志怪類小說，系紀曉嵐晚年搜列各地見聞、風俗風情及神怪故事等創作而成，計一千一百九十六則。紀氏博聞廣通、長於考證訓詁，一生幾番起落，經歷豐富，且又文采翩然，故而將這些奇趣異聞演繹得十分精彩。

但作者又並非貪異獵奇之輩，紀學士霽月襟懷、滄海性情，在公務之餘創作這部小說，其意在二，淺者在於「追尋舊聞，姑以消遣歲月」，深者在於「不乖於風教」，「有益於勸懲」，所以書中雖然也頗多鬼怪仙狐之事、淒清詭譎之境，但卻並不恐怖荒穢。其敘述簡潔雅緻、清新流暢，且敘議相生，時有點睛之筆。魯迅先生在《中國小說史略》中給予《閱微草堂筆記》以極高的評價：「敘述雍容淡雅，天趣盎然，故後來無人能奪其席。」遍覽志怪，《閱微草堂筆記》的確獨有大家氣象。

魯迅先生尤為推崇《閱微草堂筆記》藉狐鬼言人事、託精魅喻世情的方式，認為「故凡測鬼神之情狀，發人間之幽微，託狐鬼以抒己見者，雋思妙語，時足解頤。」《閱微草堂筆記》中自有一個美麗清婉的狐鬼世界，每於月夜驚魂，纏綿於多情又似無情的人間，恩怨不休。

愛情是狐鬼世界中一個永恆不衰的主題。《閱微草堂筆記》中的愛情故事並不多，卻無不具有一種感人至深的悲情的美。至深至純的情，可以通靈。在人間無法挽回也無可奈何的悲劇，往往由於一念之堅，一靈之癡，得以衝破陰陽阻隔。卷十七〈姑妄聽之〉就講述了一段生死戀情。劉寅自幼同父親朋友的女兒結訂婚姻，雖無媒妁婚帖，然兩小兒女皆彼此屬意。後劉生父喪，父友亦歿，生窮困潦倒，無奈只得寄食廟宇。友人之妻便計謀悔婚，劉寅的未婚妻聞知竟鬱鬱傷情而死，生痛徹心腑，奈何陰陽永隔，也唯有悲悼而已。夜裡，劉生獨守孤燈，感懷華年夭逝的少女，忽聞窗外有人低聲飲泣：

問之不應，而泣不已。固問之，彷彿似答一我字。劉生頓悟，曰：「是子也耶？吾知之矣。事已至此，來生相聚可也。」語訖，遂寂。後劉生亦夭死……

毫無疑問，那在窗外啜泣嗚咽的必定是死去少女的魂魄，但讀來卻並不鬼氣森然、毛骨悚然。反要為這一靈魂不昧的癡情女鬼掩面太息。紀氏運筆簡練明淨，娓娓敘來，一個纖纖弱質、婉約嬌怯的女鬼躍然紙上。

世情涼薄，《閱微草堂筆記》記載了頗多至親至近而相殘的事，反倒不如狐鬼之重情尚義。有一貧者張四喜，狐女愛其勤而嫁之。後張四喜覺察到妻子是狐女，以娶異類為恥，竟伺機拔箭射傷。狐女痛其負心，傷心而去。後來張四喜病死，狐女前來哭拜，遺下白金五兩，使無棺裝殮的張四喜得以入葬。張父母貧困，往往在罐中箱裡發現錢米，皆是狐女所為。

鬼狐中也有儒雅者。有舉子一人，在幽僻的小庵內過夏。一夜正在抄書，忽聞有人在窗外徘徊，自稱是沉滯此間的幽魂，已有百年未聞讀書聲。聽得舉子吟詠，未免心動，想與之暢談一番。說罷掀簾而入，舉止溫雅，士風宛然。可惜舉子無趣，聽說來者是鬼，早嚇得不敢答話。鬼只好自己取書翻閱。又有一狐，數十年住在一戶人家的書樓中，為主人整理卷軸，驅除蟲鼠，即使精於藏書的人也不能相比。主人家宴飲，狐有時也出來應酬，唯聞語聲而不見形。「詞氣恬雅」，言談機智，往往一語中的，令座中人傾倒。

更有一位韓生，夏日讀書山中，窗外即為懸崖陡澗。月明之夜，對面崖上有人影依稀，乃是一墮澗鬼。韓生也不甚恐懼。日久慣熟，韓生將酒灑入澗內，鬼便下去飲啜，並極為感激。不顧人鬼殊途，竟結為談友。試想蔥蘢山中，人鬼隔澗，往來問答，談天說地，還有哪一部鬼故事中有這樣清幽芬芳的人鬼之交。彷彿人間古樸時代那淡若水的君子情誼。

狐鬼有種種，殭屍、妖狐、鬼魅，謀人性命、攝人魂魄，早已被種種怪怖的傳說窮形盡狀。唯這等風雅書香狐鬼，不傷人，不媚人，以讀書清談為樂，或因情而輾轉流連，只《閱微草堂筆記》中有，只有紀公妙筆所能勾勒。其所遇之人，亦魂驚而神不懼，魄不駭，從從容容結下一段交情，令讀者神思悠然，嚮往之至。

其實單憑這一點，紀昀的志怪小說就足以使前之古人、後之來者永遠無法匹敵了。

劉墉：濃墨宰相、風趣學士

歷史上有名的宰相很多，較早的有伊尹，輔佐商湯，平定中原；周公吐哺，天下歸心；商鞅變法，雖遭車裂，功不可沒；李斯為秦始皇一統天下也獻了不少計策；賢相諸葛亮鞠躬盡瘁，死而後已；魏徵勸唐太宗以人為鏡，以史為鏡，其心可鑑；張居正「一條鞭法」緩解了明王朝土地兼併，黎民塗炭的弊病；清代紀曉嵐文思迅捷，風趣幽默……這些宰相們的清名軼事，宛如綴在中國歷史和文學史的夜空中的明星，閃耀著燦爛的光芒。清代還有一位值得一提的宰相，那就是被稱為「濃墨宰相」的劉墉，（清代已無「宰相」之制，但職品相類，民間亦習慣如此稱呼）劉墉的書法堪稱第一，甚至已超過了他的政績和詩文。

劉墉（一七一九－一八〇四年），字崇如，號石庵、青原、香岩、石硯峰道人等，山東諸城人。係乾隆進士，官至吏部尚書，體仁閣大學士。其父劉統勛也是大學士，只墉一子。劉墉的仕途還算順利，這裡面也多少有些其父的功勞，但劉墉本人的資質和能力也確實可堪重用。乾隆多次嘉獎擢升他，雖有小錯，亦予恩免。

劉墉這「濃墨宰相」可絕非浪得虛名，乾隆、嘉慶年間，劉墉與翁方綱、梁同書、王文治並稱「清四家」。劉的門人陳子韶把劉與梁同書的字同刻於西湖上，稱為「劉梁合璧」。據徐珂《清稗類鈔》記載：「諸城劉文清書法，論者譬之以黃鐘大呂之音，清廟明堂之器，推為一代書家之冠。蓋以其融會歷代諸大家書法而自成一家。所謂金聲玉振，集群聖之大成也。泗州楊文敬公士驤所藏文清真跡甚多。蓋其自入詞館以迄登臺閣，體格屢變，神妙莫測。其少年時為趙體，珠圓玉潤，如美女簪花。中年以後筆力雄健，局勢堂皇。迨入臺閣，則絢爛歸於平淡，而臻爐火純青之境矣。世之談書法者，輒謂其肉多骨少，不知其書之佳妙，正在精華蘊蓄，勁氣內斂，殆如渾然太極，包羅萬有，人莫測其高深耳。」這段話當是對劉墉書法的最恰當評價，堪稱知音了。

劉墉字好，而且自成一家，別人模仿不出，平生書楹聯，常用紫毫筆，尤其喜歡用蠟箋高麗箋。官尚書時，每寫完判詞，就畫一個「十」字，有下屬模仿，劉墉一眼便能認出。曰：「吾畫不可偽也。」劉墉的三個姬妾，亦精通書法，而且能把劉墉的筆跡模仿得維妙維肖。王惕甫《淵雅堂集》有句云：「詩人老去鶯鶯在，甲秀題簽見吉光。」自注曰：「石庵相國有愛姬王，能學公書，筆跡幾亂真，惕甫嘗見姬為公題甲秀堂法帖籤子也。」還有人見過劉墉與三姬的論書家信，指陳筆法甚悉。

然而劉墉自己卻非常謙虛，他的學生英和《恩澤堂筆記》中記載，劉文清嘗云：「吾平生有三藝：題跋為上，詩次之，字又次之。」英和不解地問：「師書名遍中外，朝鮮人亦求書，何謙為？」師曰：「吾非謙也，小就不肯，大成未能，今免，然讀者可知師之詩學不讓古人也。」這話當然是戲言了。

那麼劉墉的詩究竟如何，能否與其書相併呢？先看看別人對他的詩的評論吧：法式善《梧門詩話》中說：「劉石庵先生小詩最有遠致。」阮亨《瀛舟筆談》言：「石庵劉相國書法冠冕海內，而詩不多見。所傳誦者大率從捲軸傳抄而得，字字遒緊，非深於少陵者不能讀也。」符保森《國朝正雅集》云：「應相國（和）云：『公早歲劻翔館閣，內通掌故，中年揚歷封圻，外嫻政術，故其言瀏然以整。而又貫穿乎經史，宏覽乎諸子百家佛老小說，故其言華而不縟，雄而不矜，逶迤而不靡。世徒震耀公之書名，疑若詞章非所兼擅者，豈其然哉？』」

這些評論顯然都是對劉墉的褒揚。

劉墉的書法和詩都很優秀，但民間廣為流傳、野史上記載頗多的卻仍不是這些，而是與乾隆、與和珅鬥智鬥嘴的軼聞趣事，說來常令人捧腹，幾至絕倒。清李伯元《南亭筆記》中載很多這樣的趣事：劉墉持躬清介，行為放誕，不修邊幅，常著破衣爛衫，雖露肘決踵也一點都不在乎。一日上殿，有虱緣衣領而上，慢慢地將要爬上鬍鬚，乾隆看見匿笑，而劉墉不知。回家後僕人提醒，要給他捉虱，他才明白原來皇上是在笑這隻虱子，因對僕人說：「勿殺此虱。此虱屢緣相鬚，曾經御覽，福分大佳，爾勿如也。」其沖淡如此。

劉墉居官數十年，家資清薄，門可羅雀。而與他同時的滿相和珅卻專權恣肆，富可敵國，就連他家的看門人，亦積銀百餘萬，在京師設當舖十餘所。劉墉常偷拿朝服向之質錢，而門人不知。一次正逢元旦朝賀，同僚皆狐裘貂套，只有劉墉穿著破衣服，狀極瑟縮。乾隆很不高興，認為他是裝的。第二天便責問他：「劉墉你為什麼有衣服不穿，裝成這窮樣子？」劉叩首對曰：「臣一應衣服，俱在某人處。」帝召和珅，和珅茫然不知，劉出示當票：「有憑據在，何得云無？」和珅大窘，啞口無言。乾隆對他說：「劉某人的衣服，你還了他罷，你看他凍得怪可憐的。」待出，和珅老大不願意，劉掩嘴偷笑曰：「上問得兇，一時找不出話說，才拿老兄來推託的，莫怪莫怪。」和珅氣不得笑不得，真拿他無可奈何。

劉墉就是這麼幽默滑稽，誰的玩笑都敢開，誰卻又奈何他不得，人皆呼之「小諸城」。

一日在政事堂吃早飯，忽朗聲吟道：「但使下民無殿屎，何妨宰相有堂餐。」一座皆為之噴飯。

劉墉就是這樣嬉笑怒罵著做宰相的，當然他的分寸掌握得很好，即使偶然開罪於人，也總能化干戈為玉帛，一笑了之。劉墉做官方正，為人圓通，鋒芒藏於愚中，骨力隱於拙內，這與其書法聲氣相通。不管從哪個角度，劉墉都是位難得的宰相，一個很有趣的人。

王文治：出使琉球的探花

王文治是清代著名的書法家，同時也是個很有成就的詩人。他於作詩、書法似乎都很有靈性，作品在學古的基礎上能創出自己獨特的風格。他對佛理鑽研得很深，用他自己的話說則是「吾詩、字皆禪理也」。

王文治，字禹卿，號夢樓，江蘇丹徒人。生於雍正九年（一七三〇年），卒於嘉慶七年（一八〇二年），一生幾乎都是在乾隆盛世中度過，並且也沒有像當時很多名流那樣身世多折，或因文字獄而受到迫害，他的一生可說是得意大大多於失意的。少年時的王文治就意氣豪放、眉宇軒昂，有凡人不可比之英氣。「才致飆發，散華流豔」，以致人傳有「國士」之美號。

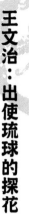

乾隆二十一年（一七五六年），侍講全魁被派出使琉球。王文治當時已小有名氣，所以全魁就邀請他一同前往。年輕氣盛的王文治正想出去見見世面，就欣然應允下來。在水路交通的安全性還很有限的時代，出海航行那麼遠，生命必然受到極大威脅。王文治的親友都趕來相勸，雖苦苦挽留，王文治卻初衷不改，終於登上了去琉球的巨舟。後來在航行途中果然遇到了一場大風浪，王文治坐的船被大浪掀翻，生死攸關的時刻幸虧有人搭救，才得免一死。一般人受到這樣的驚嚇，必定氣短心悸，後怕不迭，王文治卻還是那樣神采飛揚，甚至大喜曰：「此天所以成吾詩也。」

到琉球後，王文治玩得很是開心，他目睹了許多異域風俗和見聞，眼界大開。李調元《雨村詩話》中就記載著王文治回大陸後，與他津津樂道琉球王府宴客時伶童歌舞的熱鬧場面。而同時王文治也以他俊秀的書法給琉球人相應的回報。有得到他墨跡的人，無不視之為至寶。其時王文治不過二十五六歲，書法藝術上卻有如此成就，足見他性靈不凡。他的詩〈偕全公魁使琉球〉中有一句「他時若話悲歡事，衣上濤痕並酒痕。」表明了他對這次奇特旅行的留戀之情。

乾隆二十五年，王文治以錦繡文章得中進士的一甲第三——探花，授編修。二十七年，充順天鄉試同考官。二十八年，充會試同考官，正是春風得意之時。而他的書法更使他在貴族名流中身價倍增。內閣大學士劉墉年長王文治十一歲，也以書法聞名。劉墉的字筆墨酣暢，形態豐腴。王文治寫字卻喜用淡墨，結字挺拔清秀，兩人被並稱為「濃墨宰相，淡墨探花」，名滿天下。也有人將王文治和劉墉、梁同書、翁方綱四人稱為書法史上的「清四家」。這四人中，又數王文治的風格最為俊逸，這種內在的精神氣質別人當然是學不來的。梁同書就常常喟嘆自己的字難比王文治，差的可能是個天分吧。

王文治以「工書名海內」，其實他對詩如同寫字一樣，都是同樣地傾心。《清稗類鈔》認為「其詩超拔不群，特為書名所掩耳。」他的詩有唐人遺風，音節洪亮，表意疏朗真摯，又常有自出胸臆的妙句。張懷桂有〈夢樓選集序〉，其中認為王文治的詩「似平而實奇，似柔而實剛，……於汪洋之中時露洶湧，於平衍之內偶出橫奇。」確是個深得其詩意的評價。

錢泳《履園詩話》中記：錢有一柄扇子上畫著一枝杏花，王文治題〈桃花庵〉詩於其後：

桃花一樹豔猩唇，獨占名藍似海春。
誤入溪流原有路，重來門巷竟無人。

迷離夕照紅如夢，悵望天涯綠少鄰。
我願大千花世界，有花開處盡詮真。

此詩由一枝桃花引出「桃花源」之典，最後發出「有花開處盡詮真」的祈願，造詣新穎，有橫逸而出的境界。而錢泳則拿《隨園詩話》所記清名詩人嚴遂成詠桃花的「怪他去後花如許，記得來時路也無？」與此詩頷聯「誤入溪流原有路，重來門巷竟無人。」相比，認為兩詩都是暗中用典，王文治的詩則顯然更勝一籌。

不久，王文治參加朝廷大考得一等第一名後被升為侍讀，旋即被派雲南任臨安府知府。但他只在雲南呆了兩年，就因為下屬之過被牽累罷了職。王文治對這一變故接受得很坦然，返鄉的途中路過晉寧，他還專門去游了那裡的段氏竹園，並題下清新淡泊的一首五律：

晉寧南郭外，修竹自成林。
風過戛鳴玉，似聞流水琴。
綠天寒欲滴，白晝淡生陰。
而我棲棲者，於茲清道心。

清代樸學盛行，很多人都鑽入義理考據之學中而輕視詩文。王文治卻認為「詞章之學，見之易盡，搜之無窮」，用功於此方得深理妙諦。所以他萬事以詩為上，以詩人為上。他將要離開雲南的時候，有當地平民詩人李鶴齡帶著自己的作品來拜訪他。那時詩人相交多以詩為媒，李鶴齡偏等王文治被免職後才來找他，大概就是要保持這種詩人交往的純潔性吧。李的贈行詩中有一句「玉堂老鳳留衣缽，滄海長虹捲釣絲」，王文治讀了極為喜愛，誇其「才力博大，尤為難得」，很後悔自己沒能早些發現這個人才。他還決定把李的詩帶回京城與家鄉，為其揚名，使其詩作不致被「泯沒」而「無傳」。從此事來看王文治的品性，實在只可做個詩人，而難做官僚。

此後的三十多年，王文治始終隱居在家，終日徜徉於山水之間，以詩、字和宴樂消磨時光。乾隆南巡至杭州，見到王文治題的「錢塘僧寺碑」，極為欣賞，決定再度起用王文治，卻被其回絕。王文治通音律，在家鄉買童子數人教其度曲，行無遠近，必隨帶之。一天王文治一家帶著樂班泛舟揚州湖，絲竹悅耳，招至左近畫船皆拔櫂追隨，一時傳為美談。

乾隆四十四年，在五十歲生日的前一天，王文治來到杭州天長寺受戒，皈依了佛門。

此後每日參悟佛理，熟讀《楞伽》及唯識諸經，並且長年食素蔬，還曾作〈素食歌〉警戒世人。袁枚這時已過花甲，兩人同是江南歸隱的大名士，當然有不少聯繫。袁枚有送王文治聯：「才子中年多學道，仙人家法愛吹笙。」恰切道地出了王文治中年以後以管弦、禪理為伴的生活。而王文治則自題聯：

人間歲月閒難得
天下知交老愈親

紅塵之情似乎並沒有淡去。而他晚年時作的古樂府〈有所思〉更是他脫俗高潔又終未參破的「詩人」之心的激情流露：

有所思，乃在碧海之曲，青雲之西。非關迢遞窮遠道，竊恐大塊以內不能稱我夙昔之襟期。少年意氣託江海，天涯謂有知音在。十年南北走風塵，結交傾盡金壺春。其中豈無二三賢達者，總非吾心願見之一人。東風兮東風，吾隨而往來上下一氣之中，所思倘可旦暮遇，相將白雲跨彩虹。

這首詩裡，髮鬚斑白的王文治回首一生，感嘆自己畢生尋找一個可傾心相託的知己，卻終未得遇。最後一句，他表達了與知己攜手登空橫「跨彩虹」的強烈渴望。而這一理想愈是綺麗絢爛，王文治在對它發出呼喚時的心態愈是孤獨和寂寞。所謂曲高和寡，正是王文治一生的遺憾。從風格上看，這首詩情感通貫而下，激情動盪，顯然受盛唐浪漫詩風的影響，情緒甚至直追李白的古樂府。至於說禪理的含蓄和空靈，見得倒是不多了。

《蓉峰詩話》中說：「江左詩人，俱擅風流，王夢樓前輩文治，又別開一派，有修潔自喜之致。」以「修潔自喜」四字評王文治甚妙。王文治不是入世而憤世嫉俗的，也不是四處遊蕩、靠附庸風雅消磨時光的，他守護著一方潔淨的心田，不為身外事所累，認真尋找著真情，這般品性自然長久令人欽羨。

夏敬渠與《野叟曝言》

聖人們提倡「學而優則仕」，民間也有道是「學成文武藝，貨與帝王家」。古時候有才的或自詡有才的文人，誰個不想封侯拜相，安邦定國，一展雄才偉略？只可惜帝王家並不總是買賬，即便是趕上盛世，逢著明君，也未見得人人都能得志。得志的文人總是一樣的，不得志的文人各有各的不同。屈原懷忠心而被放逐，被髮行吟澤畔，終自沉於汨羅；李白負奇才而遭忌，遂有句「天子呼來不上船，自稱臣是酒中仙」……有的殉志，有的歸隱，有的棄世離俗，有的流於頹放，俱各不一。但因不遂其志而走向極端卻又終生執迷於茲如狂叟夏敬渠者，實在罕見。

生於康熙四十四年（一七〇五年），卒於乾隆五十二年（一七八七年）的夏敬渠，字懋修，號二銘，一生歷時三君，卻哪一個也沒報效上。

這夏敬渠實在是個人物，幾乎可以稱得上是個通才。他博經通史，諸子百家爛熟於心。在聖人學說年復一年，日復一日的薰陶浸淫之下，夏敬渠自是將孔孟之道奉為至尊，視作性命，在他眼中心上，儒學是清，老莊是濁；孔孟是正，佛老是邪；程朱是良玉，陸王是頑石。這種尊儒思想貫穿了他的一生，夏敬渠是個堅定的殉道者，而非《儒林外史》中周進式的假道學。

在夏敬渠看來，儒家經典正了倫理綱常，整束了人間正道，簡直是天降至文。《論語》更是字字珠璣，篇篇錦繡，句句都是妙語綸音。而老莊之學則惑亂人心，無視禮法，既不存天理，也不肆人欲，放縱人的私意，把那倫常綱紀全拋諸腦後，導人向邪，滅絕五性，實是令人深惡痛絕。他進而指出，談玄說理之風日盛，漸迷世人之心，勢必導致天下大亂。而佛老之罪尤甚。道學先生的心中既存了天理人欲、三綱五常，當然越發容不得導勸世人脫離苦海紅塵之說。儒家講究君君臣臣父父子子，而佛家卻將人世諸情視之為萬苦之源，且以師為父，以徒為嗣，簡直是同儒家分庭抗禮。夏敬渠認為佛老之學裂綱毀紀，教人背叛君親，捐棄妻子，廢亂人倫，且又為不法之輩提供了聚眾惑人、啟亂作難的憑據，無異於陷人於禽獸之境。夏敬渠鄙惡佛老的觀點同當時佛道風氣日下、大跌水準是不無關係的。彼時佛法衰微，僧尼多為不事耕織而得衣食的油懶奸猾之徒，禪院寺廟也成了為非作歹的場所，早非昔日度人解脫的淨土聖境。官府亦無能為力。無怪乎夏老夫子要深惡痛絕之。

程朱秉承孔子之道，在夏敬渠眼中自然而然也是聖徒。程朱重學，勝於實；陸王輕學，敗於虛。

老先生的觀點一生無改。不過他實在是個博學得令人驚詫的真道學。故而他執拗得有三分道理，偏頗得有二分資格，另外五分麼，俱被狂氣占了去。

夏敬渠不但飽學得夠可以，而且於禮樂兵刑天算之學也無不涉獵精通，至於天文地理、醫藥相術，更是不在話下。他一生著述頗豐，如《綱目舉正》、《經史餘論》、《詩集》等洋洋大作，可惜不傳。

讀萬卷書，行萬里路。夏敬渠並非枯守書齋的木訥書生，他遊學的足跡幾乎遍至大江南北，過著談笑有賢豪、往來無俗流的日子。這樣的一個逸興壯飛的人物，彷彿最應該大有作為。可事實恰恰相反。不過這倒也不難理解。夏敬渠固守儒家之道，將之視作眼珠兒性命一般，舉事立身無不恪守成規，其迂直可以想見。但當時的天下偏偏是虛詐的假道學的天下，夏敬渠雖然滿肚子「守經行權」的道理，可對於人情世故的靈活機變其實是一竅不通。所以他失意於科場甚至一生鬱鬱不得志也完全是情理之中的事。偏生他又極狂，始終不能服氣，總想找個機會一抒自己的生平抱負，教天下人刮目相看。

夏氏晚年結束了為人做幕的漂泊生活，歸而著書，於七十多歲的高齡完成了一部皇皇奇書《野叟曝言》，取義為「野老無事，曝日清談」。不過夏敬渠可並非像他自己說的那樣，只是老來閒著沒事兒做，隨便聊聊。事實遠非如此。從他用做全書二十卷編卷字的「奮武揆文天下無雙正士，鎔經鑄史人間第一奇書」二十個字看，就可窺到夏敬渠一生的耿耿心曲。

《野叟曝言》的靈魂人物文素臣是以道學先生的面目亮相的。在小說的開篇，這位主人公就對唐代崔顥的題黃鶴樓詩作了獨闢蹊徑的剖析和詮釋，他認為崔公此詩旨在言明神仙之事純係子虛烏有、全不可信。而聽其解詩的，是一位將文素臣視作頂梁柱石並奉之為「素父」的聖君，廟號孝宗皇帝。

話說這位大賢臣文素臣，出身書香門第、忠孝世家，父母都是了不得的才子才女、男女中之大儒。他出生時，他的母親水夫人夢見玉燕入懷，「故乳名玉佳」，他的父親也有種種奇夢顯示這位文家仲子非同尋常的異稟。這樣一位人物，自然幼秉異慧，令人不能小視。三歲看老，文素臣四歲通四聲之學，十歲工古詩，十八歲時已是經綸滿腹、學富五車。

天授之才終難埋沒，被母舅譽為「豐年之玉，荒年之谷」的文素臣兒時即有大志。人們曾於偶然間探查他的志向，問他可願大富大貴，他答說「願讀書」，既是願讀書，又問他想不想中狀元，他的回答是「欲為聖賢」。令他的父親文公頗為驚異。

及至長成為「錚錚鐵漢，落落奇才」，文素臣已掌握了一身的本領。文武雙全，智勇過人；作賦凌相如，談兵勝諸葛；通歷數，觀人即知貴賤；精醫術，可同仲景比肩。且又忠心耿耿，不求宦達，是一位有血性的真儒。天生一個為帝王家準備的「擎天白玉柱，架海紫金梁」。

封建時代，胸懷天下者必不會獨善其身。為廣博見聞，年輕的文素臣決定遠行遊學，從而引發出一路的奇遇和故事。在餞行宴上，他向眾人明申了自己的一個夢想，即奮力掃除佛、老二氏蟠結千百年之流禍，使「天下之民，復歸於四；天下之教，復歸於一」。作者藉文素臣之口，淋漓盡致地表達了他對佛、老的厭憎，對儒學正教的尊崇，以及除滅佛、老，獨尊聖經，匡正天下的理想。

夏敬渠是如此厭憎僧尼之輩，以致他筆下的此類人物多半被描寫得十分不堪。他還安排文素臣在行程的第一站就與一個荒淫殘暴、無惡不作的凶僧遭遇。這法號松庵的凶僧專慣劫奪婦女、作奸犯科，惡名遠播，當地百姓乃至士人都敢怒不敢言。這松庵又與番僧勾連，皆是一群為非作歹之輩。文素臣同這些惡徒進行了堅決的鬥爭，同時又對所遇僧尼中並不務惡之人據理力勸，意在援釋歸儒。小說中的道士也無不是淫邪之徒、惹禍根苗。連公子在家中設著丹房、養著一班道士，險些鬧得家破人亡、身敗名裂。李又全拜龍虎山道士韋半仙為師，為實踐韋半仙所授的長生不老之術，害死了數十條人命，自己也落得個凌遲處死、妻妾離散的下場。凡此種種，文素臣或是耳聞目睹，或是親身經歷，對之深惡痛絕，認為佛、老盛行，導致世風日亂，民不成民，國不成國，立誓剷除之。故而他得志後，除了滅惡除奸，首要的一件大事就是根除他心目中的邪教。這位文太師第一次請除佛、老未果，便迷於羅剎國七年。待太上皇龍馭上賓後，無醫而癒的文素臣便振作精神，一舉根除佛、道兩教。並且根除到了日本、印度、西域、西藏等地，使佛、道盡絕，遂了平生之志。從此民心平正、國泰民安、天下大治。

對這部小說的評價歷來眾說紛紜，有人說它極有價值，有人說它毫無意味。但無論如何，關於這部奇書有幾點是確定無疑的。《野叟曝言》堪稱是我國古典小說模式的集大成之作，書中寫了才子佳人，寫了神魔鬼怪，寫了世情民俗，是中國小說開始走向綜合的標誌。尤其是它生動地再現了風情民俗的真實面貌，為研究清代市井風俗提供了寶貴而豐富的資料。在這部書中，作者塑造了我國文學史上第一個高大全的人物形象，即主人公文白文素臣。作者將自己的靈魂附著在主人公身上，舒展開一幅理想至極的畫卷，讓文素臣施展本領，並終於功德圓滿。

不能否認，夏敬渠在長達一百五十四回的《野叟曝言》中熔鑄了他一生的學問。他常在書中大幅談經論史，揚儒抑釋，闡述己見，儘管時時游離於小說之外，導致後人對小說的藝術性無從恭維，但其學術價值卻是不容忽視並且不能小視的。無怪乎當年夏老夫子七十誕辰時，怡親王遙祝其壽並題額曰「天驚耆英」。遍覽其古稀之後所作的《野叟曝言》，其中雖頗多匪夷所思之想，但也的的確確只有這等天降奇才方能寫得出來，凡夫俗子是難與之比肩的。

凡是過於珍視、愛惜自己才華的人，如果在現實生活中備受壓抑和阻扼，往往都會走向理想主義的極端。對理想的執著追求一旦走向極端，就容易演變成自負。從這個意義上來說，夏敬渠是個理想主義者，在他與文素臣相互滲透合一的過程中，理想與自負摻雜在奇書《野叟曝言》的字裡行間。其中的諸般況味被作者揮灑得淋漓盡致，同時又令後人易於體會卻難於評說。

文素臣有著完美的理想同時又是個完美的理想人物。他文有文韜，能妙計安天下；武有武略，可出兵定邦國，是封建時代封侯拜相的理想人選。有著這等神奇本事，功績赫赫可上凌煙閣，但卻全無半點驕人傲人之心，在皇帝面前始終誠惶誠恐，畢恭畢敬，絕無二心，真是難得之至。

他年紀輕輕就已文武雙全，呈現異秉，卻既不呆板木訥也非赳赳武夫，而是一位美如冠玉、玉樹臨風的翩翩佳公子。

既是才子，就必要有佳人來點綴。文素臣的幾位閨中伴侶全都是絕代美人兼曠世才女，不要說公侯家的小姐，即使貴為郡主、公主，也爭著搶著要為這位文相公做妾。倘若不成，便萌毅然赴死之心。一旦得以結成連理，就心甘情願地同幾位分享愛情的準情敵互敬互愛，親如連心十指。文素臣生平有四項擅長之事，即歷算、詩學、醫宗、兵法，他的閨中理想是尋得四位慧姬。每人傳授一業，在閨中焚香啜茗，極盡風雅。這種讀書人大概都曾有過但也只不過怯怯地在心中幻擬一下的狂想，夏敬渠不但借文素臣之口公然言之，而且還安排主人公一一親歷、夢想成真。紅袖添香夜讀書，一般書生的美夢恐怕只敢做到這裡，但夏敬渠並不滿足於此，他委實是太過於自負了。文素臣後來非但四美俱備，娶得璇姑、素娥、湘靈、天淵四位奇女子為妾，而且這四人還是主動委身，他出於禮法堅拒未遂方才允婚。四人雖在與文素臣的愛情經歷中處於主動位置，但都崇尚節義，嚴守冰清玉潔的堅貞氣質。文素臣的大妾劉璇姑，出於對文的感激和愛慕，曾主動投懷，頗為忘情。後來，她流落到才貌皆不遜於文素臣的連公子的宅邸中，卻無比決絕，真個是非禮勿動、非禮勿視，為了捍衛貞節，竟不惜以死相拼。多情如宋玉的文素臣，到處惹下相思，而他的姬人們卻如此忠誠，使他完全不必有「後院起火」的危機感。

坐擁美人的文素臣還有一位大賢大德的嫡夫人田氏。田夫人是個齊家的能手，而且她身上幾乎具備了中國婦女的所有傳統美德，對丈夫的幾位妾室憐愛得無以復加。後來公主謝紅豆下嫁，她生恐委屈了這位情敵，竟主動提出要退為妾媵，將正室之位讓與謝紅豆。甚至為了避免素娥、湘靈被選為才女，她還女扮男裝代丈夫將二人娶回家中。賢妻美妾，讀書人的家庭理想文素臣全都有了，並且她們是如此出眾，更襯托出她們對之耿耿忠心的文相公是何等得不同凡響。

但文素臣並沒有就此沉迷於富貴溫柔鄉中而不思奮進，這是因為他有一位理想的母親。這位水夫人堪稱女中大儒，恩威並施，凡事都能從禮義角度講出個大道理來。文素臣的事業理想就源自水夫人最初的教誨和自始至終的鼎力支持。如果說，文素臣是撐天的柱石，那麼水夫人就是這根柱石最堅實的基座。

在古代文人的心目中，這真是一個再理想不過的家庭。富貴而祥和，上慈而下忠，妻賢而妾惠，知禮而有情。無怪乎七十五回中飛娘說：「這樣人家，休說做小，就做他一世的老丫環，也是情願！」這可不是聳人聽聞之語。文家幾個丫環後來得受欽定賜婚的殊榮，被賜配於各省進士。幾人竟掩面悲啼，而秋香更投水赴死，獲救後聲言寧可「隨分配給一奴」，為的是「只要永遠服侍太夫人，就感恩不盡了」。

文素臣一生文治武功，逞盡才智。他那些傑出的兒孫們則為他的人生理想添上了最完美的一筆。他的後代們紛紛以八九歲的年紀狀元及第。更有甚者他的長子文龍竟以九歲之齡被授官巡撫，威風凜凜地上任。斷案料事如神明，講話的語氣口吻儼然一德高望重的老夫子，且還引得十八歲才女相思不已，女扮男裝化名來投，充做幕僚，成為文龍的得力助手，後來委身作妾（因文龍已有妻室）。

這些神奇大膽、匪夷所思的幻想令人瞠目結舌又忍俊不禁，彷彿也只能出現在狂人夏敬渠的小說中。

夏敬渠本人對這部書也欣賞得了不得，自謂為「人間第一奇書」，認為憑此一書，足可濟世安邦，握乾坤於掌上。所以，當清高宗乾隆南巡之時，一生執迷於做忠臣良相不能自拔的夏敬渠怎甘心使這一亙古未有之奇書寂寂於民間。他躍躍欲試想要獻書君上。幸而他有個聰明機敏的女兒，曉得這樣一部滿紙自大狂妄之言的書如若獻將上去，勢必會觸怒乾隆，釀成大禍。她百般勸阻無效，遂自作主張，連夜用白紙裝訂一部，裝潢之精美與原書毫無二致，來了個偷梁換柱，把原書移至他處藏了起來。第二日，心潮澎湃的夏敬渠意欲前往迎駕，他興沖沖地拿出書來，卻發現封皮猶在，而紙頁中卻一個字也沒有了。夏小姐向目瞪口呆、悲痛欲絕的夏敬渠婉言解釋，定是這奇書為造物所忌，不宜進呈人君，所以才在一夜之間羽化而去。想想人終究不可以逆天而行，夏敬渠也就罷休了。但他一生都生活在自己的夢想裡，如今通向理想的最後一條路徑也遭遏阻，這無異於絕了理想主義者夏敬渠的生路。不久之後，他即鬱鬱而終。他死後，他的女兒將《野叟曝言》重新加以潤飾，對涉嫌淫穢之處略加刪除，此書方得以刊印流傳，直到今世。

唉，誰知道呢。或許夏小姐當初竟然多慮了。沒準兒那位倜儻的乾隆爺讀了《野叟曝言》之後並不會龍顏震怒，禍滅夏氏九族，而只是將書一擲，哈哈大笑著說：「瘋子！瘋子！」

《蜃樓志》：開譴責小說先河

《蜃樓志》名曰「蜃樓」，蓋取海市蜃樓，如夢如幻，全化作過眼雲煙之意。當時以廣州、番禺為中心的嶺南地區，因經濟發達、思想開放而成為物欲橫流、情慾橫流的世界。經過一番大起大落、大喜大悲。許多人更容易看破紅塵，參透世事。這位神祕的庚嶺勞人，即使不做任何表白，只一個「勞」字，就透出了他多少辛酸和徹悟！一部匪夷所思的《蜃樓志》，即演出了一場情慾與物慾的幻滅之歌。

《蜃樓志》全名《蜃樓志全傳》，約成書於清代嘉慶初年，共計二十四卷二十四回（嘉慶十二年刊本為八卷）。作品署名庚嶺勞人，其真實姓名、籍貫、生平事蹟及其他著述均不詳。但從小說內容來看，庚嶺勞人肯定在廣東有相當一段生活經歷，因而對嶺南生活如此稔熟，做小說似是信手拈來。

《蜃樓志》不同於一般的人情小說，它從政治、經濟、文化、社會生活等不同層面，對當時的嶺南生活做了真實而細緻的描寫，塑造了一大群豐富多彩的人物形象，有貪官汙吏、洋商買辦、幫閒篾片、江洋匪盜、書生美女，小說文筆俏麗簡潔，雋永含蓄，被譽為開清末譴責小說的先河。

《蜃樓志》是清代一部很優秀的人情小說，曾有人給予此書很高的評價：鄭振鐸先生讀罷此書感到「欣慰不已」，並將其劃入「名作」之列；戴不凡先生則認為「自乾隆後期歷嘉、道、咸、同以至光緒中葉這一百多年間，的確沒有一部能超過它的」。在這部「名作」中，蘇吉士處於「男一號」的位置。有人認為此書具有自傳性質，蘇吉士可能就是這位神祕的庚嶺勞人的翻版，是庚嶺勞人藉蘇吉士這個人物記載了他平生的事蹟，寄託了他各種情感和思想，描述了他的生活理想和希望。但不管這種假設是否成立，蘇吉士這個人物仍是繼西門慶、賈寶玉之後一個比較閃光的形象。

蘇吉士有很多地方都與西門慶相似，但由於他們畢竟相差幾百年，故蘇吉士身上有他特定的時代特點。

蘇吉士名蘇芳，字吉士，乳名笑官，乃是蘇萬魁之側室花氏所生，生得「玉潤珠圓」，性格溫柔。十三歲上從師李國楝，號匠山。這匠山思想頗開明，是個屢試不第的飽學名宿，浪遊各地，聊以坐館為生，對學生也不甚束縛。因此蘇吉士在身心上有很大的自由。吉士受匠山影響，只把讀書做個清閒的樂事，平日裡詩酒對句，而於功名無心。第十八回「必元烏臺訴苦，吉士清遠逃災」，妹丈卞如玉和大舅哥溫春才紛紛中第，聰明高才的蘇吉士也有點動心：「但是我的功名未知可能成就？」但轉念又想到：「我要功名做什麼？若能安分守家，天天與姐妹們陶情詩酒，就算萬戶侯不易之樂了。」蘇吉士當時不過十七八歲樣子，小小年紀就有如此見識，實在不易。

既然於功名無心，蘇吉士便把半副心腸放在了商業經營上。吉士新婚第四天，父親萬魁便因受海盜驚嚇撒手而去，吉士繼承了父親的職業和遺產，開始正式輟學經商。雖經商，但吉士卻一點也不像他父親的苛刻，對金錢並不看重。第二回中蘇萬魁身陷牢獄，需三十萬銀子，蘇吉士就這樣思量道：「我父親直恁不尋快活，天天戀著這個洋行弄銀子。今日整整送了三十餘萬，還不知怎樣心疼哩！」至父親死後，方知強盜是由兩個蘇家的債戶勾結引來，原來是父親平日裡對債戶們很是嚴刻。方想到：「我父親一生，原來都受了錢銀之累！」感事傷心，不覺泫然淚下。遂把父親遺留下的債券通通燒毀，並將所欠陳租豁免，新租照九折收納。這種行為也絕不是以前的地主所能做出來的。

除了買賣經商之外，蘇吉士把他大部分精力都用在「尋快活」上了。本書共跨越四年的時光，開篇時蘇吉士十四歲，到結尾處他已成長為一個成熟的商人、地主，一個精明強幹又很仁和的一家之主，這時的蘇吉士也不過十八歲。以他十七八歲年紀，卻也正是貪玩、圖快活的時候。

本書中的男女人物普遍「早熟」，剛剛十幾歲的孩子便已無事不知。蘇吉士雖是孩子性，父親還被拘留之時，便想著「趁先生不在，且進內房與溫姐姐頑耍」。但在他溫姐姐的眼裡，蘇吉士卻不是個小孩子：「說蘇郎無情，那一種溫存的言語，教人想殺。說他年小，那一種皮臉，倒像慣偷女兒。」這溫姐姐名素馨，是商人溫仲翁之妾所生，因蘇吉士與其兄溫春才一起同在溫家讀書，從小便很熟悉，一來二去，在彼此身上都很用心。素馨屢屢與吉士挑逗，吉士也解風情，漸漸地二人越過最後的防線，偷嚐禁果，兩情更加相悅，直到後來溫素馨被與吉士一同讀書的烏必元之子烏岱雲先姦而嫁。

《詩經》有句云：「有女懷春，吉士誘之」，蘇吉士這個名字，想必便是從此得來。蘇吉士確實是個多情種子，風流成性，到處留情。在《蜃樓志》中，他與素馨、惠若、烏小喬、施小霞、巫雲、也雲、茹氏、治容等妻妾、外寵、丫環不下十人發生過肉體關係。而且被蘇吉士「誘」過的女子，無一不深深地愛上了他，為他流連不去。這是因為蘇吉士不僅才高貌美，而且家境顯赫（這是「風流」的兩個最基本條件），更難得的是他性格溫柔，懂得惜香憐玉。蘇吉士與西門慶不同，西門慶是採花能手，也是個折花能手，幾乎從未「愛」過任何一名女子，他對女性只有摧殘，風過後一片狼藉的落花。西門慶又十分霸道，絕不能容忍他的女人（包括妓女）再被其他男人（少數本人丈夫除外）染指。蘇吉士則對與自己有過肉體之交的絕大多數女子都曾付出不同程度的感情，對她們不僅眷戀、愛慕，而且更難得的是他尊重、理解並關懷這些女人，他從未對任何一個女人加以任何摧殘，對她們總是小心翼翼、試試探探，如果女人對他說不，那麼他就決不僭越。蘇吉士與溫素馨的戀情未果，但他仍關心著嫁給烏岱雲的素馨。素馨被烏岱雲趕回娘家後，吉士還曾去探望慰問，並灑下同情痛惜的淚水，「溫柔體貼之性還是當年」。烏小喬被赫廣大強行娶去，吉士分一枚玉玦與小喬各自佩戴，這半塊玉璧便成了小喬的精神支柱，一直苦苦支撐，最後終於破鏡重圓。吉士中人圈套，被人灌醉後與有夫之婦茹氏苟合，又在茹氏的安排下，與冶容發生關係，對二女十分眷戀。但後來得知冶容與家人杜寵私通，便將其嫁與杜寵。又勸茹氏改嫁一幕友，還拿出五百兩銀子和衣物等做嫁妝。這種胸襟是西門慶所欠缺的。可能也因此而使蘇吉士更具魅力，更能吸引女士們對他傾心。

《蜃樓志》作者庚嶺勞人對蘇吉士給予了很多筆墨，也寄予了很多情感，這個人物的描寫是很成功的。無論從社會發展角度，還是從文學史角度看，蘇吉士都代表了一個階層，一個時代。

《蜃樓志》以一部海市蜃樓的意象，道盡了庚嶺勞人的深意，正像小說開篇的那首詞中寫道：「春事暮，夕陽殘，雲心漠漠水心閒。憑將落魄生花筆，觸破人間名利關。」世間事不過如此，看破了方知人間正道是滄桑。在情慾與物欲的琴弦上，自有一片弦音響起。

舒位·妙寫奇文退苗兵

舒位少時便有異才。十歲能寫文章，受到爺爺的偏愛，爺爺曾充滿期望地誇他「此吾家千里駒也」。十四歲，舒位隨著到廣西永福縣做官的父親來到那裡。縣署後有一山名「鐵雲」，靜謐宜人，舒位最愛在那裡潛心讀書，所以他就自號為「鐵雲」。十六歲那年，越南入貢，父親領著他出鎮南關（今廣西友誼關）迎接。舒位賦〈銅柱〉詩二首相贈，才華畢露，令貢使驚服。

舒位音律上造詣很深。陳文述〈舒鐵雲傳〉裡說：「鐵雲能吹笛，鼓琴度曲，不失分寸。所作樂府院本脫稿，老伶皆可按簡而歌，不煩點竄。」他有四部一折的雜劇，分別是〈卓女當壚〉、〈樊姬擁髻〉、〈酉陽修月〉、〈博望訪星〉，合刻為《瓶笙館修簫譜》，饒有古致，在當時還很流行。

舒位為人性情篤摯，尤為好學，於經史百家無不精通，而平生最以詩名。因為學問的淵博，舒位詩中成語掌故信手拈來，名家詩句化用得也自然妥帖。但他詩的長處還不只是在這裡，更在於他見解的獨到和個性的特出，所以他的詩常有不同凡響的情致。舒位曾說：「人無根柢學問，必不能為詩；若無真性情，即能為詩亦不工。」認為作詩必須學問與性情相輔才能成好作品。舒位的詩集有個好聽的名字叫《瓶水齋集》，趙翼為此集作跋，他誇讚舒位的詩「開經如鑿山破，下語如鐵鑄成。無一語不妥，無一意不奇，無一字無來歷，能於長吉（李賀）、玉谿生（李商隱）之外自成一家。」舒位的七古〈蜘蛛蝴蝶篇〉就是一首構思頗為新巧，寓有哲思的好詩：

蜘蛛結網誘青蟲，桃花飛入怨東風。
蝴蝶尋花尾花往，打盡桃花同一網。
蜘蛛不語蝴蝶愁，絲絲羅織桃花囚。
桃花隔霧看蝴蝶，可似天女逢牽牛。
瀟瀟春雨當窗入，沾泥花片胭脂溼。
蝶粉蜘絲一劫灰，青蟲自向牆根立。

自然界的一片小小景致，在舒位筆端流出就靈想飛動，韻味無窮。

舒位還有一部頗為有趣的《乾嘉詩壇點將錄》，竟把乾嘉時的詩人與梁山泊一百單八將一一對應，如智多星屬錢載、豹子頭屬胡天遊、霹靂火屬趙翼、花和尚屬洪亮吉，他還把自己喻為沒羽箭，名號倒也和他深邃的個性相配。袁枚被他點為及時雨宋江，有把袁枚推為乾嘉詩壇盟主的意思，評價是相當高的。舒位自己說是受明末《東林點將錄》的啟發而編成此書，後世學者汪辟疆則又繼承他的這一體例，寫成《光宣詩壇點將錄》，專論晚清詩人。

舒位在三十二歲上考中舉人，這時他的父親卻因事失官，在江西故去，家產全被沒收。舒位一家頓時陷入潦倒，甚至沒有安身之所。湖州觀察沈啟震，仰慕舒位才華已久。他主動請舒位搬進他南花橋的一處府邸，舒位還為此賦詩一首以表感激之情：「南花橋頭秋水綠，扁舟願寫移居圖。移居之圖尚可寫，羌此高義今則無。」舒位一共參加過九次會試，但終究沒有考中進士。

河間太守王朝梧升為黔西觀察時，舒位正在他的府中做幕僚，於是便隨王來到了貴州。恰逢當地苗民起義，苗族兵將凶猛強悍，平剿困難。舒位作為一個文士，卻為平苗亂立了一大功。他寫了一篇檄文給苗軍某部，苗人能識者讀其文，見義理通達，情真義切，很多人感動得流淚，最後竟哭拜解散而去。舒位之文可以安邦，其才真不可小覷。

此役之後，舒位頓時有了獲取功名的可能性。主帥威勤侯勒保非常器重他，欲邀請他一同去四川，參預軍事，剿滅那裡的白蓮教起義，可舒位卻謝絕了。他是個孝子，長期隨軍在外便愈發惦念家中的慈母，「吾豈以五品官而置七旬垂白於八千里外乎？」舒位雖是順天（今北京）人，其家卻自幼就安在蘇州。這次辭歸後，他便安心在江南附近做幕僚，有更多的時間與母親為伴了。可是在母親魂歸道山的那一天，舒位還是沒有在她的身邊。當舒位得知消息，星夜兼程趕回家裡時，能做的只有給母親安排喪事而已。舒位為此深深追悔，茶飯不進，終於在七十三天後，也就是嘉慶二十年（一八一五年）的除夕，舒位也幽憂而去。所以有的學者認為，舒位的逝年應以公曆一八一六年為確。

乾隆三十年（一七六五年），舒位誕生的前夜，他的母親沈氏曾得一夢。夢中有個僧人從峨眉山上緩步走來，手中還持有一枝桂花。舒位的小字「犀禪」就是由此而來的。

若把舒位生時的異兆和他的死法聯繫起來，那麼他和沈氏之間似乎真有著某種神祕的因緣。不過種種身前身後之事誰人又能洞知，只是舒位和他母親的這段真情故事頗似現實中上演的一部古典傳奇罷了。

舒位一生不得志，詩名卻飛揚天下。當時著名詩人王曇、孫原湘都是他的好友，有人以「三君」並稱之。譚獻則稱他「才俊氣逸，可謂詩豪」。舒位詩的最大特點是敢於突破古詩的傳統意境，有其真性情，龔自珍則評價為「鬱怒橫逸」。舒位的詩證明，清中期的人文精神相對於幾千年中華文化的傳統形態來說，已經有了極其劇烈的變遷。在詩歌領域，則呈現為乾嘉之際詩風的轉變。所以今人看乾嘉時期的詩，確實較少那種隔絕今古的距離感。舒位在這種詩風轉變中則發揮了重要的作用。

舒位顛沛一生，因而有豐富的閱歷，他詩的題材也比較廣泛，多是羈旅、詠史、寫景之作。在與趙翼論詩時，舒位曾說：「情景在詩中，懷抱在詩外。詩外苟無詩，情與景皆累。」這自然是中國古典詩歌一貫的審美追求，舒位也在用自己的詩作實踐著：

一簇秋煙隔水生，浮陰迢遞壓重城。
星眸月魄無消息，獨聽瀟瀟暮雨聲。

這一首〈夜雨泊舟潯陽郭外〉，意境清冷婉約，而詩外濃郁的蕭索意味也令讀者生出揮之不去的感覺。舒位還有一首〈杭州關紀事〉也頗值得一提。這是一首寫杭州關吏搶掠百姓，勒索船客的詩。在暴露當時社會的腐朽方面，各家均有好詩，舒位這一首卻實在與眾不同。在詩裡舒位表達出了對貪官的輕視和嘲弄，他似乎是在忍笑看一齣「關吏如乞兒」的鬧劇。此詩充分展示了他幽默、傲岸、磊落的個性：

杭州關吏如乞兒，昔聞斯語今見之。果然我船來泊時，開箱倒篋靡不為。與吏言，呼吏坐，所欲吾肯從，幸勿太瑣瑣。吏言：「君果然，青銅白銀無不可」；又言「君不然，青山白水應笑我」。我轉向吏曰……身行萬里半天下，不記東西與南北。問我何所有？笛一枝，劍一口，帖十三行詩萬首，爾之仇敵我之友。我聞榷酒稅，不聞蒐詩囊；又聞報船料，不聞開客箱；請將班超所投筆，寫具陸賈歸時裝……

此詩從二三言到七九言間雜運用，音律卻和諧自然；雖大量使用口語，意境卻通俗順暢，可謂意趣橫生、韻味十足。形式的變幻自如背後積澱著自由灑落的生命境界，舒位很反感有些人寫詩「以艱深文淺陋」，此詩就正是用淺白取勝的一首好詩。

舒位在《瓶水齋集‧自序》中說自己「讀萬卷書，未能破之；行萬里路，僅得過之；積三十年，存二千首。飛鳥之身，候蟲之口；見歲若月，視後猶今，天空海闊，山虛水深。」是對其一生詩歌創作作的一個謙遜的小結。

《浮生六記》：半世才情一生恨

「浮生若夢，為歡幾何？」嘉慶年間，琉球島國，半輪月下，客館之中，四十六歲的沈復仰望長空，想著李太白的這句詩，深深地嘆了口氣。良久，返身回到書桌前，研墨潤筆，在一摞書稿的扉頁上飛快地寫下四個字：浮生六記。《浮生六記》記載了沈復一生所有的喜怒哀樂，是其心血所凝，情感所結，因此也打動著不同時代讀者的心情，於歡快處做會心一笑，於愁苦處灑一捧同情的淚水。

關於沈復，歷史上其他文獻幾乎沒有記載，所以研究他的人只能從《浮生六記》中來窺探一些他生平的蛛絲馬跡。沈復，小字三白，清中葉蘇州人，生於乾隆癸未（一七六三年），卒年不詳。沈復生於小康之家，幼時讀書，但未舉試。曾做過多年的幕僚，浪遊大江南北，並出使琉球，又為人教館、經商過活，甚至於落拓時以賣書畫為生。沈復不同於《影梅庵憶語》之作者冒襄，冒襄乃復社四公子之一，與江左三大家等名人才子素有交情，在唱和酬答時已出名，且又有詩名傳世。而沈復才情雖不薄，詩作卻極少。「沈復」之名得以流傳，似乎依賴《浮生六記》之力，可見《浮生六記》是何等樣的佳作。

「浮生」共六記，曰：「閨房記樂」、「閒情記趣」、「坎坷記愁」、「浪遊記快」、「中山記歷」、「養生記道」。後二卷業已流失，現在我們所見到的所謂「全本」中的後二卷乃後人所續，有人考證前四卷「筆墨輕靈」，而以後的二卷則筆墨滯重，「也足證明非一人手筆」。由此看來，「浮生四記」竟也與曹雪芹的前八十回《紅樓夢》有相同的命運了。不管續貂的是否狗尾，原文的本身極富藝術魅力實在是不用說的。

林語堂曾說，《浮生六記》裡的芸是中國文學史上最可愛的女人，他的理由是：她並非最美麗，因為這書的作者，她的丈夫，並沒有這樣推崇；但是誰能否認她是最可愛的女人？她只是我們有時在朋友家中遇見的有風韻的麗人，因與其夫伉儷情篤令人盡絕傾慕之念，我們只覺得世上有這樣的女人是一件可喜的事，只顧認她是朋友之妻，可以出入其家，可以不邀自來和她夫婦吃飯，或者當她與她丈夫促膝暢談書畫文學之時，你們打瞌睡，她可以來放一條毛氈把你的腳腿蓋上。

林語堂先生對沈復之妻陳芸的稱讚並非溢美之詞，不僅如此，他還沒把芸娘的好處完全說盡。

芸誠然是個美人：其形削肩長項，瘦不露骨，眉彎目秀，顧盼神飛。其衣裝通體素淡，亭亭玉立。鬢邊壓上兩朵茉莉，形色如珠，花香繚繞，令人銷魂。

芸更聰明穎慧。其聰在於精通女紅，待字閨中時，與寡母幼弟一家三口的生活費用，均出自她的十指操作。與沈復婚後罹難之時，也是靠她這雙手維持生活，繡《心經》十日，而導致舊疾突發，加重了病情。

芸之聰慧處還在於她無師自通，或稍加點撥，便即通款曲。學話時，口授〈琵琶行〉即能成誦，並把白樂天認做是啟蒙師。嫁與沈復後，經復指點，便能與復相對論詩，而且頗有見地，令沈復也為之心折。沈問：詩之宗匠當首推李杜，這兩個人中你更喜歡哪一個？芸答：杜詩錘煉精純，李詩瀟灑落拓；與其學杜之森嚴，不如學李之活潑。沈問：為什麼？芸答：格律謹嚴，詞旨老當，誠杜所擅長，但李詩宛如姑射仙子，有一種落花流水之趣，令人可愛。芸對詩的理解準確而別緻，而這夫妻二人在一問一答間，心意已通，情意更濃。古代才子和才女都不少，但能如三白芸娘夫婦唱和論詩的，又有幾對？

芸愛美，也會美。她用她的慧心去發現一切可以利用的美好的東西，巧妙地加以設計，用它們來裝飾她的家居和她的生活。芸曾獻計把刺死的真蟲綁縛在花枝上，置在案頭，看起來維妙維肖，令人叫絕。芸還會製作「活花屏」，活花屏由竹枝木條編成架，用砂盆種扁豆，讓豆的枝蔓爬在竹架上，好處在於透風蔽日，如綠陰滿窗，又可隨時移動變更，實在是納涼、裝飾的好東西，真難為芸娘怎麼想出來的。

芸又很有趣，有趣的人才可愛。她很會講笑話的。三白與芸論詩的時候，三白戲說：「異哉！李太白是知己，白樂天是啟蒙師，余適字三白為卿婿，卿與『白』字何其有緣耶？」芸的回答是：「白字有緣，將來恐白字連篇耳。」二人相與大笑，想必讀者讀到此處也會為之開心一笑吧！更有趣的是芸喬裝男子，隨三白遊水仙廟一事。易髻為辮，淡掃蛾眉，戴上丈夫的帽子，穿上丈夫的長衫和馬褂，腳蹬蝴蝶履，美麗的少婦變成了翩翩少年郎。芸的喬裝騙過了很多人的眼睛，二人得意不已，忘形處，芸按了下一少婦的肩，招來少婦奴婢的惡罵。芸脫帽抬腳：我也是女人，才使矛盾煙消雲散，並使少婦等人轉怒為歡，留茶點，又喊了轎子把他們送回家。這種事在當時一定是被禁止的，所以更顯得刺激，新奇有趣，主人公的膽量也實在令人佩服。

芸確實是個非常可愛之人，而她最能動人心的地方，就是芸的多情。芸與沈復為表姐弟，自幼青梅竹馬，感情甚深。沈復十三歲時便向母親表白：「若為兒擇婦，非淑姊不娶。」芸對這個表弟兼未婚夫也極用心，有藏粥一事，歷來傳為佳話：

是夜送親城外，返已漏三下，腹飢索餌，婢嫗以棗脯進，余嫌其甜。芸暗牽衣袖，隨至其室，見藏有暖粥並小菜焉，余欣然舉箸，忽聞芸堂兄玉衡呼曰：「淑妹速來。」芸急閉門曰：「已疲乏，將臥矣。」玉衡擠身而入，見余將吃粥，乃笑睨芸曰：「頃我索粥，汝曰『盡矣！』乃藏此專待汝婿耶？」芸大窘避去，上下嘩笑之。余亦負氣，挈老僕先歸。

從這段文字中，我們似乎已看到芸含羞跑走的背影，這小兒女之態多麼有趣、可愛。新婚之夜，新郎新娘聊起這段往事，四手相持，雙眸凝視，更增添多少情意在心中。

三白與芸夫妻情篤，恩愛纏綿。芸善良誠懇，滿心希望做個好媳婦，相夫教子，承歡公婆，一家人其樂也融融。但往往事情不隨人願，儘管芸曲意逢迎，苦心經營，仍不慎得罪於翁姑。得罪公公是因芸無法代筆寫家信，得罪婆婆是因公公要納妾，是芸一手操辦之。芸誠然是很聰明的，但她還未聰明到世故的程度，於世事，於人心，她還沒有真實的認識。而只憑自己的性格行事：企圖給丈夫納妾而結識妓女憨園，後來憨園被別人搶去，芸還著實傷心了一陣子。從華夫人家搬到邗江後，華夫人送給她們的小丫頭阿雙捲了財物逃走，芸反而為阿雙擔心，怕她回家受大江之阻生死不測。芸就是這麼善良，即使別人在背後算計她。弟啟堂向鄰家借錢，央芸做保，芸慨然應允，後來啟堂賴賬，把黑鍋全推給了芸。凡此種種，芸和丈夫三白被老父一怒之下，淨身出戶趕離家門，在外只能投親靠友，寄人籬下，受盡淒涼。最後因血疾復發，一縷香魂赴陰曹。丟下她的多情郎沈三白，一個人浪跡天涯，四處遊蕩。芸逝時四十一歲，沈復作此書時四十六歲，復卒年雖不詳，但恐怕其去日亦距芸不遠吧。

歷盡半世苦辛，也享受了人間的歡樂，多情才女陳芸與多情才子沈復相繼隕落於人世，在文學的夜空中，升起了兩顆耀眼的明星，似牽牛織女一樣，相依相伴，放射出璀璨的光芒，照亮人生的每個角落。

通才李汝珍和《鏡花緣》

清人陸以湉在《冷廬雜識》中云：「《鏡花緣》說部徵引浩博，所載單方，以之治病輒效。」進而舉例證之，話說「道光癸卯夏，有患湯火傷，遍身潰爛，醫治不效，來乞方藥。檢閱是書中方用秋葵在浸麻油同塗……依方治之立癒。乃採花貯油瓶中，以施人，無不應手獲效。」這一方面證明《鏡花緣》之「徵引浩博」，同時也足見作者李汝珍審慎的學者風範。而且李汝珍這部《鏡花緣》，又豈止是行文中所涉單方可治癒體膚之疼；作品中奇巧瑰麗的想像，「口吻生花」的語言，引人入勝的異域風情，更有嬉笑怒罵的諷刺，這些都給讀者耳目一新、酣暢淋漓之感，令人「宿疾頓痊」。

李汝珍（約一七六三—約一八三〇年）博學多才，醫藥、星相都通，尤精於音韻學。閒時又嗜好下棋，曾與一批棋友舉行「公弈」，一時譽為盛舉。並且專著有《受子譜》一書，闡述學弈心得。關於他的才學，其友人多有共識。《李氏音鑑》序說他：「如王遁、星卜、象緯之類，靡不涉以博其趣，而於音韻之學，尤能窮源索隱，心領神悟。」石文煃在同書序中也說：「平生工篆隸，措圖史，旁及星卜弈戲諸事，靡不觸手成趣。花間月下，對酒徵歌，興至則一飲百觥，揮霍如志。」許喬林《鏡花緣》序中說：「枕經葄史，子秀集華；兼貫九流，旁涉百戲；聰明絕世，異境天開。」

而偏是這聰明絕世、學識淵博的翩翩才子，鄙薄時文，「讀書不屑章句帖括之學」，故而終身不達，一生的衣食費用都依仗其兄長資助。孫吉昌在題《鏡花緣》的〈五韻詩〉中就如此寫道：「而乃不得意，形骸將就衰；耕無負郭田，老大仍飢驅。可憐十餘載，筆硯空相隨；頻年甘兀兀，終日唯孳孳。心血幾用竭，此身忘困疲；聊以耗壯心，休言作者癡。窮愁始著書，其志良足悲！」只是這番困頓情形刻寫的也有幾分誇張。且見李汝珍在《鏡花緣》一百回中，順著「恰喜欣逢聖世，喜戴堯天，室無催科之擾，家無徭役之勞」的門面掩飾語，說自己「玉燭長調，金甌永奠，讀了些四庫奇書，享了些半生清福」，這或有幾分反語似的自嘲，隱含著老大無成的感嘆，但也難說不無作者樂天知命的灑脫。

傳說李汝珍青年時代曾隨做鹽商的舅兄不止一次漂洋過海，有過海上生活，雖不曾踏上異國的土地，想必也為他在《鏡花緣》寫異域風物提供了稍許感性認識，並為他展開奇異的想像提供了契機。

在海外諸國的遊歷中，作者以軒轅國作結，這一安排頗具深意。軒轅國是西海第一大邦，其人都是人首蛇身，卻並不使人恐懼厭惡，而是秀雅可愛，原因是「此地國王，乃黃帝之後，向來為人聖德，凡有鄰邦，無論遠近，莫不和好。而且有求必應，最肯排難解紛。」有人認為這裡作者旨在宣揚睦鄰友好、和平相處，只是作者筆下這個國度頗具幾分神話氣氛，這裡鳳鳥自舞，鸞鳥自歌，人人自適，熙熙融融，昇平吉祥。這裡的國王年已千歲，聖德遠播，眾邦威服。此番意境只怕不能用睦鄰友好一言而蔽之，而或可說是作者在篇尾為其「唯善為寶」的理想社會奏起的聖樂。

《鏡花緣》一書，從作者李汝珍的自白與小說描寫中看，可見其多種寫作意圖和創作旨趣，揶揄世態、寄寓理想只是其中之一。小說第四十八回「泣紅亭記」中說：「蓋主人自言窮探野史，嘗有所見，惜湮沒無聞，而哀群芳之不傳，因筆誌之。」而且從通篇結構來看，如果說唐敖等異域行跡是《鏡花緣》中一條「地上的線」，而與之並行交錯的又有一條「天上的線」，即百名花仙投生人間，又各自有所作為，這也是整個故事結構的重要框架。由此可見，作者又有以此文哀憫百花銷沉，為世間女子揚眉吐氣，傳芳寫烈之意。

文中所涉一百個才女無不千靈百俐，靈動飛揚，是為巾幗奇才。其中有才思敏捷者、俠腸義膽者，亦有醫道精通、數理純熟者。給人印象最深的還是「紫衣女殷勤問字，白髮翁傲慢談文」這一段。多九公與唐敖在黑齒國的女學塾遇到紫衣、紅衣兩位女子，乍一見，多九公對「海外幼女」心存輕視。她們因知多九公是天朝秀才，遂請教其「敦」字讀音，多九公一口氣說出十種讀法，豈料紫衣女子又舉出「吞音」、「儔音」之類。第一回合就使多九公敗下陣來。只是他卻說「況記幾個冷字，也算不得學問」。此後又談到《周易》注家，多九公所知至多無過五六十種，聽紫衣女說有九十三家，就自誇向日所見約有百餘種，意欲引其說出九十三家卷帙、姓名，掃兩女子的威風，卻不想紫衣女子滔滔不絕，把當時天下所傳九十三種說的絲毫不錯，而後反問多九公：「剛才大賢曾言百餘種之多，此刻只求大賢除婢子所言九十三種，再說七個，共湊一百數。此事極其容易，難道還吝教麼？」紅衣女子又道：「如兩個不能，就是一個，一個不能，就是半個也是好的。」只問得多九公「臉上青一陣、黃一陣。身如針刺，無計可施」。最後，多九公被用「吳郡老大倚閭滿盈」（「問路於盲」的反切）嘲笑，卻直到倉皇告辭後，方恍然大悟。無怪乎唐敖驚歎：「小弟從未見過世上竟有這等淵博的才女！」而即使是如此才華橫溢，二人在後來考才女中也不過中得二十二名、三十六名，更足見世間女子的聰穎、博學。

《鏡花緣》中的「女兒國」更是一個膾炙人口的故事，大快天下女子之心。尤其是其中林之洋被女兒國國王看中，封為王妃，強迫其穿耳纏足一段：

> 內中有一個白鬚宮娥，手拿針線，走到床前跪下道：「稟娘娘：奉命穿耳。」……先把右耳用指將那穿針之處碾了幾碾，登時一針穿過。林之洋大叫一聲：「疼殺俺了！」……接著有個黑鬚宮人，手拿一匹白綾，也向床前跪下道：「稟娘娘：奉命纏足。」
>
> ……先把林之洋右足放在自己膝蓋上，用些白礬灑在腳縫內，將五個腳趾緊緊靠在一處，又將腳面用力曲作彎弓一般，即用白綾纏裹；才纏了兩層，就有宮娥拿著針線上來密密縫口：一面狠纏，一面密縫……及至纏完，只覺腳上如炭火燒的一般，陣陣疼痛。不覺一陣心酸，放聲大哭道：「坑死俺了！」

將男女地位倒置，讓男子設身處地體驗穿耳纏足之痛，以此抨擊封建社會摧殘婦女這一歷史積留下的陋習與畸形心理，其手段可謂高妙。

作品中還讓女子和男人一樣，有參加考試和從政的權利。全書以眾才女為中心，她們臨朝當政，經國濟世，或勝鬚眉一籌。文中寫武則天因見才女幽探、哀萃芳把蘇惠的織綿回文〈璇璣圖〉翻出數百首詩句來，因思才女如史、哀者定有不少，隨開女科。女兒國的王儲陰若花考中十二名才女，回國做了國王，並由另三位才女：歧舌國的枝蘭音，黑齒國的黎紅薇、盧紫萱作為她的輔佐。她們立志「或定禮作樂，或興利剔弊，或除暴安良，或舉賢去佞，或敬慎刑名，或留心案牘，輔佐她（陰若花）做一國賢君，自己也落個女名臣的美號，日後史冊流芳。」

由其他花神託生的女子，在女科中也均被錄取。她們在人間，飲酒賦詩，論學說藝，彈琴遊戲，各顯其能。這裡，作者又捧出一個生氣蓬勃、個性鮮明的女子——孟紫芝。

孟紫芝在家中別號「樂不夠」，在泣紅亭碑文上的頭銜是「司笑翳花仙子」。這是對其人性格的生動概括，她歡樂、詼諧，全憑著天性去視、去聽、去言、去動。與其他才女一樣，她也博學多才，卻並不為「閨範」所囿。她敢於讀閨閣的禁書《西廂記》，對之讚歎不已，並公然在眾人面前談論。即便第一次提及被其姊示意並為之掩飾，而後卻仍是在更多人面前毫無顧忌地發問：「今日為何並無一個《西廂》燈謎？莫非都未看過此書嗎？」她愛說笑話，大書、小曲，都信手拈來，即說唱一段，而且所謂的小曲居然是下里巴人式的情歌。

男女婚姻歷來是閨閣諱語，孟紫芝卻肆無忌憚地談論，又與人辯白：「剛才堯蓂姐姐因我說他有姐夫，他就說我淘氣。難道『有姐夫』這句話也錯了？如果說錯，並不是我錯的，那孟夫子曾說『女子生而願為之有家』，只好算他錯。」正是這伶牙俐齒、自由無羈的孟紫芝，在儒家的經典裡讀出「閨訓」的虛偽，以《論語》中的「適蔡」為謎底擬出了「嫁個丈夫是烏龜」這樣的謎面。

凡此種種，作者縱情寫來，把個玲瓏剔透嬌滴可愛的才女寫得呼之欲出，較之如唐閨臣、師蘭言、卞寶雲等示範式的才女更顯得靈動真切，難說作者對其獨有一番衷情，藉之寄寓自己心目中理想的才女形象。而此女身所體現出的自然人性、人情、個性的舒張，自然也是作者李汝珍情感上渴盼的人生境界。從這個角度理解《鏡花緣》中宣揚的所謂「進步的婦女觀」，應該說更為深刻且具有開放性。

承前啟後的《楹聯叢話》

道光二十年（一八四〇年）梁章鉅精心編撰的十二卷本《楹聯叢話》由桂林環碧軒刊刻，成為中國文學史上值得紀念的盛事。此書因為「一為創局，頓成巨觀」的氣勢而風靡天下，翻印流傳不衰。它的寫作花費了作者兩年多的時間，而訪採搜討的時間則更長。此後梁章鉅又推出了道光二十二年的《楹聯續話》四卷、次年寫就的《楹聯剩話》一卷和道光二十七年的《楹聯三話》二卷，自成系列而前後呼應，頗有總結「清對聯」的深遠意味。

但一般都以為梁氏的功績在於確立楹聯的分類法則以及大量保存佳聯妙構，而不知其實《楹聯叢話》的意義正在於建構起完備的楹聯批評標準，使有清一代的楹聯創制之盛能夠上升到理論，對晚清楹聯直抵峰巔實有開闢之功。梁氏楹聯批評體系的核心是「品題」玩賞，是直接面對楹聯而生髮的豐富的體驗，是讀者的體驗與作者的況味在楹聯中的契會融合。他充分發揮楹聯藝術「對待、和諧」的根本精神，提出名勝楹聯應追求「情景穩切」、「情景俱合」、「情景恰稱」，與所題景致構成「恰好」的契合境界；挽詞可用「紀實」筆法，亦可雜以議論，但必須「切合時事」、「曲折盡意」、「肖其為人」；祠宇楹聯品評歷史人物則應「恰稱身份」。總之，聯內之運語造意應達到與聯外之景物情事的高度和諧，此即梁氏所謂「言各有當」、「與題相稱」的涵義所在。由於楹聯藝術是文學、書法、裝飾陳設等藝術門類的神妙結合，梁氏又以「詞翰雙美」的完美境界作為他品評鑑賞的標準，具體說來就是楹聯書法要求「筆致奇偉可寶」，書法與修辭的搭配則以「句奇而筆遒」為最理想。他自己的聯作也曾因屢寫不成而終未張掛。梁章鉅還論到楹聯與橫額的搭配，每有精妙獨到之論。

梁章鉅的楹聯理論以「情」、「文」間的相互關係為基石，有力地發展了袁枚的「文以情生，未有無情而有文者」的觀點。他眼中的妙聯佳構多是「情深於文」、「情餘於文」，其次是「情文兼到」、「情文相生」，而反對「泥於跡象」、「有湊泊痕跡」，以之為聯中劣品。「情」和「文」的關係實際上就是意境和形式間的關係，佳聯無不以意境勝，起碼也要做到意境與形式的彼此諧調。「情深於文」者如《楹聯叢話·十》中鄭蘇年挽其弟鄭天衢：

緣盡先離　傷心卌載荊枝　漫說來生還有約
事多未了　回首七旬萱蔭　敢言已死便無知

「情文深至」者如《楹聯三話．上》中桂超萬題節孝祠：

共話慰窮愁　耐過冰霜逢雨露
相勸勵名節　免教巾幗笑鬚眉

鄭聯可謂「一字一淚」，桂聯也頗工整平實。意境和形式的渾融無間是貫串梁氏聯話叢書的主線，梁章鉅認為楹聯僅做到「工」（對仗工整）是遠遠不夠的，他的楹聯品鑑標準是從「工切」到「工巧」、「工敏」、「工麗」、「工雅」、「工妙」再到「工絕」，大致分七層次，而以「工絕」為極致。像這些在全書中如散落的珍珠，有待加以梳理。如「工切」一格在《楹聯續話．一》中有侯竹愚題廣東韓愈祠聯：

蘇學士前傳謫宦
孟夫子後拜先生

確實切合韓愈平生故事。而「工雅」一格在《楹聯三話．下》中則有高頌禾集〈曹全碑〉聯：

泉流雲際月
風動雨中山

雖是集字成聯，卻有雅韻如詩。再如「工絕」一格，有《楹聯叢話．十一》中集句題酒家樓聯：

勸君更盡一杯酒
與爾同消萬古愁

梁章鉅論集句聯，謂其起碼要「恰切」，最好能「渾成」，而以「天造地設語」為極，此聯足可當之。切、巧、敏、麗、雅、妙、絕，都超出了形式的範圍，而層層向上開闢，構建起意境的大廈。這方面，梁章鉅主張要「有味」，要「有言外意」，所謂「議論自在言外」，也就是說，楹聯的真趣須在無字句處找尋，因為聯家需要你領會的東西恰恰是他沒有說出的東西。梁氏所謂「別有會心」，此之謂也。

梁章鉅論楹聯的意境，有激昂、壯麗、闊大、沉著、蘊藉、質實、莊重、奇偉、大方、雋永、柔麗、悽婉、超脫、天然諸品。這是對楹聯美學風格的系統展示。只是楹聯諸品的深厚意趣，領悟實易而敘說實難。此處略擇數品舉例以證明之。如楹聯的「壯麗」一品，有《楹聯三話‧上》中北固山甘露寺正殿聯：

紫極煥璇題　瑞露凝甘留淨域
丹輪開寶相　香岩擁翠俯晴江

再如楹聯的「蘊藉」一品，有《楹聯續話‧三》中顏檢題黔中巡撫署齋聯：

兩袖入清風　靜憶此生宦況

一庭來好月　朗同吾輩心期

而楹聯中「雋永」一品則有《楹聯續話．一》中某佛寺聯：

彈指聲中千偈了

拈花笑處一言無

至於「超脫」一品，有《楹聯叢話．六》中舒白香題靖安揚鶴觀春聯：

遙聞爆竹知更歲

偶見梅花覺已春

梁章鉅認為頗有「山中無曆日，寒盡不知年」之意。以上諸品風味，作者皆由品賞玩味中隨手得之，雖貌似散漫，內裡卻有一個結實的架構在，「清對聯」理論的成熟由此可知。

梁章鉅於楹聯創制的宜忌，也有許多精當深刻的論述。他主張楹聯要「不即不離」、「不脫不黏」，即便常語、通語，如「楹聯中之臺閣體」也可以做得出色，關鍵在「不落窠臼」。至於創制楹聯時所當避的忌諱，則有「腐氣」、「村氣」、「俗俚」、「鈍相」、「輕薄」、「意盡誇」、「泛而無當」以及語涉「稗官演義」等等。梁章鉅首先發現了八股文對楹聯的影響，如說某聯「墨卷時腔」、「頗似時文家兩小比」，但似乎對此並不讚賞。

此外梁章鉅還從作家論的角度將楹聯分為「才人之筆」、「豪俠之氣」和「仁人之言」，也是發前人所未發的新鮮之論。他所說「才人之筆」的例子有《楹聯三話・下》收錄的某公挽汪仲洋聯：

> 文章驚海內，詩酒滿天涯，二十年湖上勾留，身去名存，除卻歐、蘇無此福；
> 薄宦感焦桐，佳人悲錦瑟，七千里蜀中悵望，才豐命嗇，劇憐李、杜亦終窮。

「豪俠之氣」的典型例子則有《楹聯續話・一》中湯東谷自題西偏房聯：

長身唯食粟
老眼漸生花

其氣勢之凜然溢於言表。梁氏書中載錄的「仁人之言」較多，如《楹聯叢話・五》中張南山題黃梅縣大堂聯：

催科不免追呼　願百姓早完國課
省事無如忍耐　勸眾人莫到公堂

其實「才人之筆」也罷，「豪俠之氣」也好，「仁人之言」也可，在梁章鉅眼中只要是「本色語」，是「出乎肺腑」的「真摯」之作，便可稱為上品。種種「工致」最終歸於「自然天成」，這本是梁章鉅楹聯理論的終點，卻同時成為晚清民國楹聯蔚為大觀的進展的起點了。後人長久沉吟其中，感悟良多，領略良多，於是漸漸發現這部薈萃漢語文學和古典文論精華的《楹聯叢話》，它的體大思精之處實在是說不完的。

讀故事・學文學

清代文學故事　下冊

編　　著　范中華
版權策劃　李　鋒

發 行 人　陳滿銘
總 經 理　梁錦興
總 編 輯　陳滿銘
副總編輯　張晏瑞
編 輯 所　萬卷樓圖書(股)公司
排　　版　鄭　薇
封面設計　鄭　薇
印　　刷　百通科技(股)公司

發　　行　昌明文化有限公司
桃園市龜山區中原街32號
電　　話 (02)23216565
傳　　真 (02)23218698
電　　郵 SERVICE@WANJUAN.COM.TW
大陸經銷
廈門外圖臺灣書店有限公司
電　　郵 JKB188@188.COM
香港經銷
香港聯合書刊物流有限公司
電　　話(852)21502100
傳　　真(852)23560735

ISBN 978-986-92915-0-7
2016年4月初版一刷
定價：新臺幣250元

如何購買本書：
1. 劃撥購書，請透過以下帳號
帳號：15624015
戶名：萬卷樓圖書股份有限公司
2. 轉帳購書，請透過以下帳戶
合作金庫銀行古亭分行
戶名：萬卷樓圖書股份有限公司
帳號：0877717092596
3. 網路購書，請透過萬卷樓網站
網址 WWW.WANJUAN.COM.TW
大量購書，請直接聯繫，將有專人為您服務。(02)23216565 分機10

如有缺頁、破損或裝訂錯誤，請寄回更換

國家圖書館出版品預行編目資料

清代文學故事 / 范中華編著. -- 初版. -- 桃園市：昌明文化出版；臺北市：萬卷樓發行, 2016.04
冊；　公分. -- (讀故事.學文學)

ISBN 978-986-92915-0-7(下冊：平裝)

857.63　　　105003271